BATIMA ANIMES
ANDREY GAIO LIMA

TIO BRUCE
DANIEL JAHCHAN

Espíritos de Tormenta

AS LÂMINAS ANCESTRAIS

astral cultural

Este livro foi revisado segundo o Novo Acordo Ortográfico da Língua Portuguesa.

Editora responsável Tainã Bispo
Produção editorial Aline Santos, Bárbara Gatti, Fernanda Costa, José Cleto, Luiza Marcondes e Natália Ortega
Preparação de texto Luciana Figueiredo
Revisão de texto Audrya de Oliveira
Capa Marina Avila
Ilustrações Rafael Pen
Fotos autores Arquivo pessoal

Dados Internacionais de Catalogação na Publicação (CIP)
Angélica Ilacqua CRB-8/7057

L696e

Lima, Andrey Gaio
Espíritos de tormenta / Andrey Gaio Lima e Daniel Jahchan. — Bauru, SP : Astral Cultural, 2019.
272 p. : il.

ISBN: 978-85-8246-968-2

1. Literatura infantojuvenil I. Título II. Jahchan, Daniel

19-1110

CDD 028.5

Índices para catálogo sistemático:
1. Literatura infantojuvenil 028.5

ASTRAL CULTURAL É A DIVISÃO LIVROS DA EDITORA ALTO ASTRAL.

BAURU
Rua Gustavo Maciel, 19-26
CEP 17012-110
Telefone: (14) 3235-3878
Fax: (14) 3235-3879

SÃO PAULO
Alameda Vicente Pinzon, 173
4° andar, Vila Olímpia
CEP 04547-130
Telefone: (11) 5694-4545

E-mail: contato@astralcultural.com.br

Para todos aqueles que, assim como
nós, buscam por um mundo mágico
que seja repleto de aventuras.
Um mundo no qual o amor e a boa
vontade sempre vençam.

SLASH!!

PRÓLOGO

O salvamento

Sempre me aventurava pela mata da Floresta das Quimeras para trabalhar, diferente dos demais caçadores, que pouco iam até o local por medo das feras. As histórias locais diziam que quimeras gigantes eram guardiãs daquela floresta havia séculos. Os mitos mantinham a população afastada, mas eu não podia me dar o luxo de acreditar em nada daquilo. Precisava trabalhar, e a mata era o melhor lugar.

Até aquela tarde.

Por algum motivo, a mata estava mais quieta do que o normal. Era como se todos os animais estivessem se escondendo. Tudo estava muito estranho. Durante horas, procurei qualquer sinal que pudesse me levar até algum animal, mas tudo o que encontrei foi um javali morto.

Analisei o cadáver e percebi que as feridas eram bem incomuns: próximo ao dorso, apenas três rasgos profundos eram visíveis, indo desde o couro às entranhas. As marcas pareciam ter sido deixadas por garras, mas eu não conhecia nenhum animal que fosse capaz de causar um ferimento daquela dimensão com um simples golpe.

Fiquei instigado pelo cenário e decidi investigar. No solo, o gramado estava praticamente intacto, não havia sinal de conflito, indicando que o javali não estava aguardando quando foi atacado. A carne do animal também permanecia intocada, então o predador havia atacado sem intenção de se alimentar. Era como se tivesse atacado por pura vontade de matar. Aquilo estava muito estranho.

Eu me distraí bancando o investigador, mas, felizmente, os meus instintos de caçador estão sempre alertas. Por mais curioso que estivesse a respeito da morte do pobre javali, eu ainda tinha que caçar. De repente, ouvi alguns barulhos, muito semelhantes ao trote de um animal. Imediatamente me levantei e, num salto, usei o som como guia para seguir os rastros do animal.

Um cervo partia em disparada mata adentro. Não parecia seguir nenhuma direção definida, era como se estivesse fugindo de algum predador. Apertei o passo e me preparei para atirar uma flecha. Cervos eram considerados animais de grande porte em Tormenta, meu dia estaria ganho se capturasse um.

Enquanto perseguia o cervo, fui tomado por uma sensação estranha. Parecia que eu estava sendo observado, como se, durante todo o tempo, eu fosse a verdadeira presa. Cedendo ao instinto, parei para olhar para trás e minhas pernas tremeram com o que vi.

Um animal medonho vinha atrás de mim. Tinha duas cabeças, uma de cabra e outra de dragão, ambas presas a um corpo felino. Tudo naquela criatura era assustadoramente grande, desde as patas até as cabeças, e suas pegadas faziam o chão tremer. Os olhos vermelhos do animal pareciam sedentos por sangue. Eram tão ameaçadores que meus pelos se arrepiaram de pavor. O corpo era coberto por escamas em formato de pequenas lâminas afiadas. A criatura poderia muito bem ser fruto dos piores pesadelos de crianças medrosas. Além de ter uma aparência nada agradável, o monstro soltava chamas pelas narinas, o que sugeria que ele estava bastante furioso.

Também reparei nas garras, que pareciam afiadas, e tive certeza de que aquela fera tinha sido a responsável pelas marcas no dorso do javali. Eu sabia que não teria a menor chance contra aquilo, então corri o quanto pude para me afastar. Apesar de toda a correria, não demorou muito para que eu fosse encurralado numa pedreira.

Meu coração batia forte e rápido diante da morte iminente.

Mãe, me desculpe... eu não consegui te salvar...

A quimera avançou sobre mim. Eu já estava pronto para aceitar a morte, quando, de repente, um brilho forte surgiu no meio da mata, a cerca de dois metros à esquerda de onde eu estava. Apertei os olhos, forçando a visão, e consegui enxergar uma lâmina prateada. Sua intensa luz parecia chamar por mim. Enxerguei naquela espada a minha última chance de sobreviver. Sem hesitar, joguei-me na direção da arma e, por muito pouco, consegui escapar das garras da quimera.

O animal ficou ainda mais furioso por não ter me acertado e se preparou para avançar novamente. Desesperado, peguei a lâmina. Tudo aconteceu muito rápido depois. A quimera saltou e eu consegui erguer a espada bem a tempo de recebê-la com a ponta da lâmina, que lhe perfurou o abdômen. Ouvi um rugido de dor e agonia, cambaleei para trás e acabei caindo com o corpo estirado no chão. Eu estava vivo e tinha matado uma quimera. Puro golpe de sorte.

Ofegante e com o coração martelando, eu mal conseguia pensar sobre tudo o que tinha acontecido. Como se as coisas não pudessem ficar ainda mais estranhas, percebi que uma garota me analisava do meio da mata, com um sorriso satisfeito nos lábios.

A menina tinha um aspecto bem sinistro. Albina de cabelos brancos e lisos, parecia ter no máximo doze anos e usava um vestido todo branco.

— Olá — disse a desconhecida. — Meu nome é Aoi.

CAPÍTULO 1

Minha motivação

Espíritos existem. Não da maneira que você imagina, mas existem. Espíritos não são velhos assustadores que ficam tentando possuir seu corpo, como na maioria das histórias. Pelo menos, o que eu conheci, não era assim.

Conheci Aoi, a garota-espírito, quando estava prestes a morrer. Indiretamente, ela impediu que isso acontecesse. Depois de ser salvo, a minha vida, que já não era boa, virou uma loucura. Fui forçado a treinar esgrima durante horas, todos os dias. Sem descanso, eu estava sempre treinando.

De acordo com Aoi, eu precisava estar pronto para o perigo. Ela dizia que a espada que eu tinha pegado para me defender da quimera era sagrada e pertencia ao Deus Ar, um dos quatro grandes deuses de Tormenta. Todos em Tormenta acreditavam que o mundo havia sido criado por quatro grandes deuses elementares: o Ar, o Fogo, a Terra e a Água.

Apesar de serem respeitados igualmente, havia a crença de que cada deus representava uma determinada classe de Tormenta. A família real, por ser dona de todo o território, era representada pela Terra. O clero, pela pureza e por dedicar toda a vida aos deuses, era assimilado com a Água. Os guerreiros, responsáveis tanto pela proteção quanto pela destruição, eram o Fogo. E, por fim, o Ar que estava por todas as partes, acolhia aos servos como o seu povo. Nas histórias, os deuses nunca escolheram nenhuma classe, mas essa divisão acabou se popularizando muito por Tormenta. Por fim, a divisão fez sentido, considerando que eu era um servo e foi a espada do Deus Ar que me "escolheu".

Ser o escolhido de um deus pode parecer bastante glorioso, mas, quando se tem uma garota-espírito reclamona como tutora, a coisa pode ser bem chata. Ela vivia dizendo que eu havia sido escolhido por ter um propósito a cumprir e não me deixava ter sossego nunca.

— Vamos, Kay! Deixe de reclamar e volte a treinar! — ordenou Aoi, de onde estava, encostada no tronco de uma árvore próxima.

— Eu não consigo levantar esse *troço*. — Joguei a longa espada de metal para o lado, irritado. — Não sei como usei essa espada antes — confessei.

— Sem persistência, você não vai conseguir! — retrucou Aoi, desencostando-se da árvore e vindo em minha direção. — Tem que continuar tentando.

— *Tem que continuar tentando* — disse, zombando. — Você está com essa espada há anos, deve ter alguma dica!

— Eu já disse: a espada escolheu você pela sua motivação para a luta.

— Aff! — Fiquei inconformado com a suposta dica. — Um espírito de milhares de anos, com cara de criança, que fala em enigmas! Eu tô lascado!

— Não tenho culpa, só estou bem conservada — respondeu Aoi. — Você precisa treinar. Está esquecendo que o Torneio de Classes é daqui a alguns dias?

— Eu não dou a mínima pra esse torneio idiota!

— Nós dois sabemos que isso não é verdade! — observou Aoi, quase esfregando o dedo indicador no meu nariz. — Tente se lembrar do que você sentiu na primeira vez que brandiu a espada, talvez ajude.

— Certo — concordei. No fundo, eu sabia que o Torneio de Classes era realmente importante e eu precisava estar pronto para lutar. — Vou tentar.

Fechei os olhos e me concentrei, tentando lembrar do dia em que encontrei a lâmina. Eu só queria um tempo; um momento de silêncio.

Quando abri os olhos, percebi que Aoi me encarava com expectativa. Acabei com suas esperanças balançando a cabeça em negativa.

— Não adianta, Aoi. — Estava decepcionado comigo mesmo. — Eu pensava apenas em sobreviver naquela hora... Acho que só consigo usar a espada quando estou correndo perigo.

— Eu já disse que não é isso! — Aoi parecia irritada.

— Então, o que é?! — indaguei, com a mesma impaciência. — Já estou ficando cansado de todo esse treinamento idiota. — Àquela altura, eu já estava gritando. — Talvez seja hora de pararmos.

— Seu covarde... — Aoi me olhava com nojo. — Se não pode fazer isso por você, então faça pela sua mãe!

Quando ouvi aquilo, meu corpo todo congelou.

Logo depois do meu aniversário de sete anos, minha mãe contraiu uma rara doença, que fazia com que bolhas e manchas cor-de-rosa se espalhassem por toda sua pele. Havia cura, mas os medicamentos eram extremamente caros, fora da realidade de nossa família. E, para piorar, caso não fosse tratada, a doença limitava a vida em dez anos. Eu já estava com catorze anos, então minha mãe só tinha mais três anos de vida, no máximo.

Não tive um pai, e, antes de ficar doente, minha mãe cuidava de tudo em casa e nunca deixou que nada me faltasse. Ela era o que eu tinha de mais precioso. Eu vivia a minha vida pensando em salvá-la.

Finalmente, entendi: aquela era a minha motivação.

Quando eu estava prestes a morrer sob o ataque da quimera, a última coisa que fiz foi lamentar não ter salvado a minha mãe. E foi aí que encontrei a espada.

— Vamos treinar, Aoi — disse, com firmeza.

— Hã?

— Você tem razão, preciso fazer isso pela minha mãe. — E fui em direção à espada.

Peguei a arma novamente e ela estava leve como uma pluma. Era como se eu e a espada compartilhássemos da mesma vontade. Consegui realizar todos os movimentos do treinamento, até os mais complexos. E me senti bem ao brandir aquela espada. De alguma maneira, eu sentia que a espada era quem estava guiando meus movimentos.

Sei que isso pode parecer bizarro, mas juro que é verdade.

Aoi também parecia ter notado algo diferente em mim. Ela analisava meus movimentos com um sorriso no rosto, com uma expressão bastante satisfeita.

Naquele dia, treinei ainda mais do que o de costume, por vontade própria. No fim, minhas vestes estavam ensopadas de suor. Minhas pernas fraquejavam e eu mal conseguia ficar em pé. Ainda assim, eu me sentia estranhamente feliz.

— Foi incrível, Aoi — comentei, me acomodando na grama. — Nunca me senti assim. E agora não tenho dúvidas quanto à minha motivação para lutar.

— É mesmo? — perguntou Aoi, curiosa. — E qual é?

— Proteger as pessoas mais importantes para mim — respondi, com o rosto da minha mãe em mente. — Essa é a minha motivação.

Aoi sorriu, feliz.

— Você é um garoto bem interessante, Kay.

CAPÍTULO 2

Sujeito estranho

Eu estava completamente exausto, mas parti com Aoi para o mercadão, localizado na periferia de Tormenta. Era lá que as negociações aconteciam e, para os servos como eu, estar presente era quase obrigatório. Aquele era o único lugar em que ganhávamos alguns trocados.

No período da manhã, meu trabalho era servir a uma nobre família de guerreiros e, como para todo servo, o trabalho era obrigatório e sem qualquer remuneração.

Eu já falei do quanto gosto de trabalhar, certo? Bem... Trabalhar de graça e para os ricos me deixa ainda mais irritado.

Se alguém nas minhas condições quisesse ganhar dinheiro, a única opção era arranjar serviços extras durante os horários de folga, e o melhor lugar para conseguir algo parecido era na periferia. Eu sempre andava pelo mercadão e tinha até uma certa fama. Uma fama nada boa.

Todos os caçadores de Tormenta me detestavam, já tinham até me ameaçado algumas vezes. O motivo do ódio era simples: mesmo com menos recursos, eu era um bom caçador e costumava cobrar muito menos do que a concorrência. Sendo assim, nunca me faltava serviço.

Qualquer servo teria inveja do dinheiro que eu recebia pelas minhas caças, mas aquele dinheiro não era o suficiente para mim. Quase tudo o que eu ganhava era usado para comprar ervas para a minha mãe; ervas que apenas amenizavam sua dor, não curavam a doença.

Invisível aos olhos da multidão que se concentrava na periferia, Aoi seguia atrás de mim. E, mesmo transparente, ela não deixava de reclamar:

— Odeio vir para esse lugar. — Ela parecia um pouco triste. — Tem muita gente e você não pode falar comigo. Às vezes, eu queria que todos os mortais pudessem me ouvir.

Pois é. Apesar da aparência de criança, Aoi reclama feito uma velha.

— E qual vai ser o serviço de hoje? — perguntou ela. — Fico extremamente ofendida em ver você usando uma espada lendária para caçar coelhos.

Em minha defesa, gostaria de deixar bem claro que coelhos são fáceis de caçar e têm um preço bom no mercado.

Aoi continuou a reclamar, mas decidi parar de dar atenção. Segui em direção às Tendas Pretas, o lugar em que se ia para contratar serviços, não só de caçadores, mas de mercenários também. Era bem simples diferenciar os dois: mercenários usavam uma faixa preta no braço; caçadores, como eu, usavam uma vermelha.

Normalmente, seria preciso caminhar por algum tempo até encontrar algum cliente, mas naquele dia foi diferente. Assim que entrei na Tenda, fui surpreendido por uma mão encostando em meu ombro. Respondendo ao reflexo, virei quase imediatamente, dando de cara com um homem misterioso. O sujeito estava coberto da cabeça aos pés, vestindo um gorro e um longo sobretudo, que impediam qualquer exposição do seu corpo.

— Você é o Kay? — perguntou.

— Sim... — respondi, um pouco desconfiado. — E você, quem é?

— Um possível cliente, é apenas o que posso dizer. Preciso de algo bem específico e estou disposto a desembolsar um bom valor.

— E o que seria? — A possibilidade de estar sendo confundido com um mercenário me preocupava.

— Preciso do sangue de uma quimera.

— Não confie nele, Kay! — exclamou Aoi, de repente.

Daquela vez, fui forçado a concordar com ela. O cara era *muito* estranho.

— Não estou interessado — respondi, retirando a mão do sujeito do meu ombro. — Boa sorte em sua busca.

Eu estava pronto para ir embora dali quando o homem voltou a me segurar pelo meu ombro.

— Vamos lá, garoto... — Ele parecia um pouco irritado. — Todos nós temos um preço. Tenho certeza de que podemos chegar a um acordo. Eu sei que você precisa de dinheiro.

— Como você pode saber isso? — Estava incomodado com a certeza do sujeito em relação à minha condição. Será que eu tinha mesmo tanta cara de pobre?

— Todos nós temos um preço — repetiu, com a firmeza típica de quem sabe que está prestes a conseguir o que quer. — Todos temos grandes objetivos, alguns que, para nossa realidade, podem até parecer inalcançáveis, é verdade. Mas todos nós temos objetivos. E, se a vida te oferecer um atalho para cumpri-lo, qual o problema? O caminho não importa, contanto que se chegue ao topo. Estou disposto a pagar um bom dinheiro pelo serviço, isso não seria um atalho para você?

As palavras do homem foram como um tiro certeiro no meu coração e, involuntariamente, lembrei da minha mãe. Eu era capaz de tudo por ela. Se tivesse a certeza de que minha mãe receberia o tratamento devido, eu faria tudo o que fosse necessário.

Minha indecisão não durou mais do que poucos segundos, mas foi o suficiente para que o sujeito captasse toda a minha fraqueza e usasse isso a seu favor.

— Posso pagar mais do que você imagina — instigou.

— Quanto...?

— Pago vinte sóis agora e mais vinte após a entrega.

Aquilo me paralisou. "Sol" era a moeda mais valiosa de Tormenta, o nome era uma referência à coloração dourada do metal. Havia outra moeda, menos valiosa que o sol, chamada "Lua", essa era toda prateada e era a mais comum em negociações. Um sol era equivalente a cinquenta luas, era muito dinheiro. Com esse dinheiro, seria capaz de arcar com todas as despesas por um ano inteiro. Era praticamente o suficiente para pagar o tratamento da minha mãe.

— Não confie nele, Kay — insistiu Aoi, num tom ríspido. — Além do mais, está esquecendo que você quase foi morto por uma quimera?

Eu lembrava. Mas precisava do dinheiro.

— Qual é o prazo? — perguntei, já decidido a aceitar a proposta.

O sujeito se remexeu um pouco, parecendo bastante ansioso, certamente estava feliz por ter me convencido.

— Nos encontraremos aqui em três dias, logo que anoitecer.

— Certo — assenti.

— Aqui estão suas vinte moedas! — O estranho entregou uma pequena bolsa de couro, que abri para me certificar de que estava mesmo tudo certo. — Daqui três dias, você receberá mais vinte sóis, mas, para isso, você precisa me trazer quatro frascos desses — o homem me estendeu quatro recipientes — cheios de sangue de quimera.

— E o que te garante que não vou pegar o seu dinheiro e sumir?

Mesmo em meio às sombras provocadas pelo capuz, pude identificar um sorriso malicioso no rosto desconhecido.

— Eu sei que você precisa do dinheiro — respondeu. — Sei que você tem alguém que é valioso, a quem quer proteger com a própria vida.

Fiquei boquiaberto. Tudo indicava que o sujeito estava falando da minha mãe, mas eu não fazia a menor ideia de como ele poderia saber tanto sobre a minha vida. Aquilo só seria possível se, de alguma maneira, aquele homem fosse, na verdade, alguém do meu convívio.

— Nos vemos daqui a três dias, esperarei ansioso. — E o sujeito começou a se afastar, misturando-se com a multidão que caminhava pela Tenda.

Ao meu lado, invisível aos olhos de todos, Aoi chegava a bufar de raiva. Eu tinha certeza de que, se ela pudesse, teria me socado ali mesmo.

— Parabéns, Kay, você acabou de vender sua vida a um estranho!

CAPÍTULO 3

Aperto no peito

Saí da Tenda me achando o melhor caçador do mundo.

Pode parecer idiota, mas eu tinha meus motivos para estar tão feliz. Poucos segundos depois de entrar na Tenda, fui reconhecido por um estranho que estava a fim de me contratar e disposto a me pagar uma bela fortuna. É de se admirar, não é? Tudo bem que o homem queria nada mais nada menos que o sangue de uma quimera, algo que provavelmente custaria a minha vida, mas... Quem liga? Finalmente, eu teria o dinheiro que precisava para salvar a minha mãe e era aquilo o que importava.

Fui para minha casa com um sorriso de orelha a orelha. Óbvio que, ao meu lado, Aoi continuava a reclamar e não parava de me xingar. Ela insistia em dizer que eu não devia ter confiado no homem, que estava na cara que ele estava tentando esconder o próprio rosto, que era mal-intencionado e mais um monte de coisas que, por bem, preferi ignorar. Enquanto falava, a garota-espírito corria ao meu redor, como uma criança faz quando o pai lhe nega um doce.

— Você é muito burro, Kay! Já se esqueceu de que você quase morreu lutando contra uma quimera? — repetiu, pela centésima vez, de acordo com as minhas contas. Mas, agora, seu tom era desafiador.

— Acho que sim — respondi, apenas para provocar, sem nem pensar no quanto eu me arrependeria daquilo.

— Então, deixa eu te lembrar: você estava caçando, até que foi atacado por uma quimera e aí você saiu correndo, quase chorando, sendo que só se salvou porque eu decidi te dar a espada...

— Ei! — interrompi, ofendido. — Não foi bem assim!

— Foi, sim!

Ok, realmente foi.

Fiquei em silêncio. Aquela era a minha maneira de concordar e reconhecer que Aoi estava certa e que eu tinha mesmo quase morrido lutando contra uma quimera. Mas não era o bastante para a garota-espírito, que continuou a falar e falar, até me tirar do sério.

— Por que você aceitou este trabalho idiota?

— Não sei! — respondi, num tom de voz um pouco mais alto, impaciente. — Talvez porque eu precise salvar a minha mãe?!

— Não, não foi por isso! Você aceitou porque é muito burro!

Não sei dizer por quanto tempo Aoi continuou me enchendo o saco. Afinal, ela só parou depois que chegamos à vila onde eu morava, o que só aconteceu quando já estava anoitecendo.

O lugar era conhecido como Vila da Madeira. Todos os servos moravam lá e, como você deve imaginar, não vivíamos nas melhores condições. Havia milhares de cubículos de madeira, que aprendemos a chamar de casa, e apenas um poço para abastecer a todos com água. Para não dizer que tudo era ruim, tínhamos ali duas coisas realmente boas: o solo e os vizinhos.

Calma. Não pense que acho que os meus vizinhos são superestrelas de Tormenta ou algo do tipo, não é o caso. O que quero dizer é que todos se respeitam.

Nunca ouvi falar de roubos na Vila da Madeira e, sempre que alguém está passando necessidade, todos oferecem ajuda. Quanto ao solo, digo que é bom porque é fértil o suficiente para cultivar frutas e vegetais. Com bons amigos e boa comida, eu tinha aprendido a gostar de morar ali.

Naquele dia, cheguei à minha casa mais feliz do que de costume. Eu finalmente poderia olhar nos olhos da minha mãe e dizer que já sabia como conseguiria o dinheiro para o tratamento dela e que logo estaria tudo bem.

Aquele era o meu plano, mas infelizmente, não foi assim que as coisas aconteceram.

Quando entrei, encontrei minha mãe desacordada no chão.

Aoi deixou escapar um grito ao ver a cena. Corri imediatamente até minha mãe, agachando-me ao seu lado. Levei a mão ao seu peito e fiquei aliviado ao perceber que ela estava respirando. Com cuidado, deitei sua cabeça no meu colo e bati de leve em seu rosto, na esperança de que isso a despertasse. Não funcionou. Eu tinha vontade de chorar, mas o desespero me impedia. A única coisa que consegui fazer foi dar uma ordem.

— Aoi, me traz um balde com água!

Normalmente, Aoi teria me xingado e falaria para eu deixar de ser folgado, mas, ali, ela compreendeu a gravidade da situação e simplesmente obedeceu. Segundos depois, ela voltou e me entregou o balde. Com as mãos em concha, peguei um pouco d'água e derramei pelo rosto da minha mãe.

Mais uma vez, torci para que ela acordasse. Mais uma vez, ela não acordou.

Sabe o que falei sobre o desespero não me deixar chorar? Bem, deixa pra lá. Depois daquela tentativa frustrada, chorei feito um bebê que não mama há dias. A sensação era de fracasso. Eu não sabia o que minha mãe tinha, mas sabia que não era normal. Descobri que o pior sentimento do mundo vem quando estamos na frente de alguém querido que precisa de ajuda e não sabemos o que fazer.

Fiquei ali, chorando ao lado da minha mãe, por poucos minutos, mas pareceu uma eternidade. Compartilhando da minha dor, Aoi ficou em silêncio e apoiou uma de suas mãos em meu ombro, apertando-o levemente, apenas para me transferir um pouco de sua força. Foi um gesto simples, só que fez toda a diferença. Logo depois daquilo, eu me levantei e, sem dizer nada, caminhei para a porta.

— Aonde você vai? — quis saber Aoi.

— Atrás do velho curandeiro — respondi, enquanto secava minhas lágrimas. — Vou salvar a minha mãe.

Então, saí correndo em direção à casa do Velho Izuno, o curandeiro da vila, que não morava tão longe de mim.

Pensei que as coisas iriam melhorar, mas aquele era só o começo de umas das piores noites da minha vida.

CAPÍTULO 4

Más notícias

O trajeto demorou pouco mais de cinco minutos. Bati três vezes na porta do Velho Izuno, esperei e voltei a bater. Estava prestes a bater mais uma vez, quando ouvi uma voz vinda do interior da casa.

— Não importa quem seja, se você encostar na minha porta de novo, juro que não vou abrir! — falou a mulher desconhecida.

Sem escolha, fiquei em silêncio. Segundos se passaram e ninguém veio abrir a porta.

Senti que a pessoa do outro lado estava me testando. Se aquele era o caso, acabei frustrando a inocente do outro lado, pois decidi abrir a porta da casa na marra, empurrando-a com força. Minha mãe estava muito doente, eu não tinha tempo para brincadeiras.

— Mas o quê?... — A mulher tentou inutilmente segurar a porta para me impedir de entrar. — Quem você pensa que é pra entrar na casa dos outros assim?! Eu devia...

Para a minha surpresa, uma garota estava parada ao lado da porta, ela parecia ter a minha idade e eu sabia que a conhecia de vista, mas não lembrava seu nome. Tinha quase certeza de que ela servia a alguma família bem nobre e famosa, só não consegui entender o que ela fazia ali, na casa do Velho Izuno. Por alguma razão, a menina ficou completamente muda quando me viu.

— Me desculpe, mas é uma emergência — falei, enquanto olhava ao redor, buscando qualquer sinal do curandeiro. — Sabe me dizer se o Velho Izuno está aqui?

A garota me ignorou outra vez. De repente, seu rosto ficou vermelho feito um tomate. Confesso que comecei a suspeitar de que tinha mesmo entrado na casa errada, então, aproveitei o transe da menina para me virar e sair de fininho pela porta. Mas tomei um belo susto ao me deparar com o rosto de um idoso, que me observava com curiosidade.

— Boa noite, Kay — disse o velho. E me tranquilizei ao reconhecer o rosto enrugado do Velho Izuno, curandeiro da vila. — Vejo que conheceu Satiko, minha netinha.

— É — confirmei, indiferente, e logo mudei de assunto. — Senhor Izuno, aconteceu alguma coisa com a minha mãe. Cheguei em casa e ela estava... — hesitei em continuar, como se só a lembrança fosse capaz de me fazer chorar. — Ela estava jogada no chão, desacordada e tentei chamá-la, mas...

— Fique calmo, garoto! — ordenou o velho, virando as costas para mim e caminhando em direção à rua. — Se Aysha está desacordada, não adianta você me falar nada, tenho que ir vê-la.

— Certo! — assenti, aliviado por minha mãe ter um amigo como Izuno.

O velho e eu saímos da casa e fomos em direção à rua. Notei que a noite tinha todos os elementos necessários para ser considerada agradável: o clima estava fresco, a temperatura era ideal, no ponto certo entre o frio e o calor; a rua estava bem iluminada por velas longas e espessas que eram erguidas por postes de madeira e atingiam cerca de quatro metros de altura. As únicas coisas que realmente não colaboravam para que a vista fosse bonita eram as casas.

As residências de todos os servos eram exatamente iguais: um único cômodo, compartilhado por uma família inteira, construídas com madeira barata revestida por barro. Simplificando, todas as casas da Vila da Madeira, incluindo a minha, eram horríveis.

Senhor Izuno e eu estávamos prestes a ir, quando fomos surpreendidos pela voz de Satiko, que estava parada na porta da residência e finalmente pareceu sair do transe.

— Ei, esperem um minuto! — pediu a garota, que entrou correndo em casa e, em seguida, veio ao nosso encontro com uma grande bolsa feita de folhas de bananeira embaixo do braço. — Eu também vou. E acho que tenho algumas coisas aqui de que podemos precisar.

O Velho Izuno não se incomodou e continuou a caminhar, como se já esperasse pela companhia da neta.

— Tudo bem — disse o idoso, para o meu espanto — Apertem o passo vocês dois, não temos tempo a perder — concluiu.

Achei curioso ouvir um velho como Izuno me mandar "apertar o passo", mas ele tinha razão. Não tínhamos tempo a perder, e fomos direto para a minha casa.

Demoramos quinze minutos para chegar. Quinze longos minutos.

Correndo, eu tinha levado cinco minutos até a casa do velho. Já na companhia do Sr. Apertem O Passo, demorei apenas o triplo do tempo. Na hora, fiquei bastante impaciente com a demora, mas, no fundo, eu sabia que o velho estava andando o mais rápido que podia, então não me manifestei.

Quando chegamos à minha casa, nada tinha mudado, infelizmente. Minha mãe continuava desacordada e, ao lado dela, estavam o balde cheio d'água e Aoi, que permanecia sentada próxima ao corpo. Logo que avistou minha mãe, o Velho Izuno foi até ela e, sem dizer nada, agachou-se ao seu lado e começou a examiná-la. Por um breve momento, troquei olhares com Satiko e seu rosto enrubesceu novamente. Mas, daquela vez, ela forçou um sorriso e me disse algo que acalmou um pouco o meu coração.

— Fique tranquilo, Kay. — Sua voz era doce. — Eu prometo que vamos salvar a Aysha. — Em seguida, ela se juntou ao avô, começando a ajudá-lo a analisar a minha mãe.

Era interessante ver como o Velho Izuno e Satiko eram entrosados durante o trabalho como curandeiros. Não me lembro dos dois terem trocado uma palavra sequer enquanto cuidavam da minha mãe, ainda assim, eles estavam em ótima sintonia. Como eu não tinha como ajudar, fiquei apenas observando tudo e percebi que as coisas estavam um pouco piores do que eu havia imaginado.

Quando o Sr. Izuno abriu o quimono da minha mãe, percebemos que sua pele estava seca e cheia de feridas. Manchas rosas, típicas da doença, estavam por toda a extensão de seu corpo e sempre acompanhadas por profundas marcas de unhas, que indicavam que minha mãe estava se coçando com tanta força a ponto de rasgar a própria pele. Tanto o corpo quanto a parte interna do quimono estavam melecados de sangue. A situação estava bem feia. Senti-me um idiota por não ter verificado como estavam as manchas logo que encontrei minha mãe desmaiada, mas também sabia que não mudaria nada se eu tivesse olhado. No fim, eu teria que sair correndo atrás do Sr. Izuno de qualquer jeito.

Para ajudar na cicatrização e aliviar a coceira nas feridas, o Velho fez uma pomada com algumas ervas que tínhamos em casa, ele passou a pasta por cada mancha — era o que minha mãe devia ter feito. Depois de passar a pomada, ele deu mais uma olhada rápida pelo corpo da minha mãe, provavelmente à procura de algum trauma que pudesse ter sido causado pela queda, mas pareceu não encontrar nada.

— A boa notícia é que sua mãe não teve nenhuma lesão grave quando desmaiou — disse finalmente, talvez na esperança de que aquilo me animasse.

Mas não me animou. Só pelo jeito do Velho Izuno falar, eu sabia que haveria uma próxima notícia e que não seria nada boa.

— E o que mais? — perguntei. Minhas pernas já tremiam de tanta ansiedade.

— Não sei dizer o que causou o desmaio da sua mãe, mas o sangue que ela perdeu não foi o suficiente para isso... Você sabe que a doença de Aysha é bem rara, não temos muito conhecimento sobre essa enfermidade. Desconfio que possa ser algum sintoma, provavelmente indicando que a doença está em algum estágio mais avançado.

Meu coração doeu ao ouvir aquilo, como se uma mão invisível o apertasse com força dentro do meu peito. E, inacreditavelmente, ainda havia uma notícia pior.

— Também não sei se sua mãe vai acordar.

Juro que, por alguns segundos, tudo ao meu redor ficou preto. Fiquei perdido em uma escuridão sem fim. Eu vivia para um dia salvar a minha mãe. Se ela não voltasse a acordar, minha vida toda perderia o sentido. Eu teria falhado na única coisa que tinha me proposto a fazer.

Estranhando o meu silêncio, o Velho Izuno caminhou até mim e colocou a mão sobre o meu ombro.

— Não podemos adiar mais, Kay — começou ele, com um tom de pena. — Sua mãe precisa receber o tratamento completo...

— O senhor tinha me dito que não consegue mesmo realizar o tratamento, não é? — perguntei, e notei que meus punhos estavam cerrados. Eu estava prestes a perder o controle. — Tem que ser algum curandeiro do clero, certo?

— Sim... — respondeu Izuno — O tratamento exige ervas e equipamentos raros, que apenas a Igreja tem. O cultivo dessas ervas exige condições bem específicas, é um processo bastante complicado. E, no caso de Aysha, não bastariam as ervas... Por causa das feridas, seria necessário que lhe raspassem a pele... Eu não teria a menor noção de como fazer isso.

— Entendo... — Mentira, nunca entendi. Na minha cabeça, a Igreja deveria ajudar a todos, independentemente de suas condições financeiras.

O Sr. Izuno me encarou por alguns segundos; pude enxergar a tristeza em seus olhos. Ele foi o responsável pelo parto quando nasci e sempre foi muito próximo da minha mãe, não devia ser fácil me ver daquele jeito.

— Vou ajudar como eu puder... — Ele colocou a mão sobre minha cabeça e bagunçou os meus cabelos, como eu imaginava que um pai deveria fazer ao ver o filho passar por uma situação tão difícil. — Se eu tivesse o dinheiro, juro que...

— Vou conseguir o dinheiro — eu o interrompi. Toda a minha raiva estava na minha voz. — O que posso fazer para ajudá-la por enquanto?

— Bem... Ela precisa ingerir líquidos a cada três horas, e tente ficar por perto, pois, caso ela venha a acordar, você deve impedir que ela se arranhe. Aplique a pomada três vezes ao dia. Acho que é só isso, infelizmente.

Traduzindo: eu estava encrencado.

Eu trabalhava para uma família de guerreiros durante o dia e não podia faltar. Como para todo servo, o trabalho era obrigatório e não remunerado. Se faltasse, eu não receberia nada mesmo, mas me fariam pagar uma multa a eles. Eu precisava de dinheiro, então não podia me dar o luxo de ficar pagando multa para os ricos. Aoi poderia ficar e cuidar da minha mãe, acontece que, como minha tutora, ela se negava a ficar muito tempo longe de mim. Além disso, havia a possibilidade de minha mãe acordar e achar que um fantasma a estava assediando. Então, talvez não fosse uma boa ideia contar com Aoi para cuidadora.

Confesso que estava completamente sem ideias, mas a solução veio da pessoa mais inesperada ali.

— Eu posso cuidar da Aysha durante o dia, Kay — sugeriu Satiko, ganhando minha atenção.

— Sério? — Fiquei realmente aliviado em ouvir aquilo. — Mas você não trabalha?

— Não... — respondeu a menina, meio hesitante. — A minha história é um pouco complicada.

Ela não parecia à vontade para falar daquilo e preferi não insistir. Satiko tinha se oferecido para cuidar da minha mãe, era mais do que eu poderia exigir de qualquer pessoa.

— O-Obrigado...

Em muito pouco tempo, eu já tinha uma dívida imensa com Satiko. Sabia que seríamos bons amigos.

— Que bom que resolvemos isso — comentou Izuno, de repente. — Vamos indo para casa, Satiko. — O velho se virou e foi caminhando em direção à porta, Satiko o acompanhou. Nós nos despedimos e agradeci muito aos dois por terem me ajudado.

Quando fiquei sozinho, ajeitei minha mãe, colocando um travesseiro sob sua cabeça, deixando-a numa posição mais confortável. Não tínhamos cama, então dormíamos mesmo no chão. Deitei ao lado dela, puxando o manto velho que sempre dividíamos para nos cobrir. Aoi até tentou começar uma conversa, mas eu não queria falar. Eu estava numa espécie de luto, não sei dizer...

Só sei que precisava matar uma quimera para conseguir dinheiro.

CAPÍTULO 5

A família Dariyu

Confesso que precisei me esforçar muito para levantar na manhã seguinte. Minha vontade era de passar o dia todo ao lado da minha mãe, mas eu sabia que seria punido caso não fosse trabalhar. E não havia condições de ficar dando dinheiro para os ricos, pois tudo o que eu tinha, cada centavo, era essencial para custear o tratamento da minha mãe.

Quando saí de casa, o sol ainda estava para nascer e eu já estava atrasado, então tive que apertar o passo em direção ao portão de acesso à vila dos nobres — óbvio que tudo tinha sido bem pensado para separar os pobres dos ricos. A parte nobre de Tormenta ficava estrategicamente cercada por um muro gigante, genialmente chamado de "O Grande Muro", que delimitava uma área de vinte mil metros quadrados. Para todos os servos, o acesso só era permitido durante o período da manhã e da tarde, enquanto estávamos em serviço.

Para chegar ao trabalho, eu normalmente tinha que caminhar durante quase uma hora. O trajeto já era bastante cansativo e eu sempre ia reclamando o percurso todo sobre o quão chato era trabalhar longe. Mas, naquele dia, eu estava tão cansado e preocupado com minha mãe que não falei nada. Meus sentimentos deviam estar bem impressos em meu rosto, afinal, nem Aoi tentou puxar assunto comigo naquela manhã. Só fui me dar conta do quanto tinha andado quando já estava à porta da casa da família que eu servia.

Falando sério, dentro daquela casa, caberia facilmente uma dúzia de casas iguais a minha. A família Dariyu vinha de uma linhagem de guerreiros de elite, era uma das mais respeitadas e não hesitava em ostentar sua tradição.

A estrutura da casa era toda de cedrinho, a madeira mais nobre de Tormenta. E, como se não bastasse, a família tinha ainda um centro de treinamento próprio, onde podiam praticar esgrima e outras artes à vontade, e um jardim imenso, com diversos tipos de plantas e ervas.

Eu já trabalhava ali havia muito tempo, mas, sempre que via a casa, me perguntava se algum dia eu viveria num lugar como aquele com a minha mãe. Não que eu odiasse a minha vida na Vila da Madeira — como disse antes, eu até gostava de viver por lá —, só que as nossas condições eram realmente muito precárias. Ver um servo morrendo por ter consumido algum alimento que havia sido mal higienizado era algo bem natural, infelizmente. O orgulho não me deixava admitir, mas eu sentia muita inveja dos Dariyu. Eram todos talentosos e ricos e, em todos aqueles anos, nunca vi nenhum deles contaminado por nenhuma doença grave. Todos viviam muito bem e por muito tempo.

— Ei, garoto! — chamou uma mulher, que parecia estar irritada. — Vai ficar aí babando na minha casa por quanto tempo? — perguntou ela, e finalmente reconheci que a voz era de Hayka, minha chefe. — Entre logo e comece a trabalhar.

Seus olhos se encontraram com os meus e tudo o que consegui enxergar foi desprezo. Ok, talvez tenha visto um pouco de ódio também, mas eu só viria a compreender aquilo um pouco mais tarde.

— Me desculpe, Sra. Hayka — lamentei, curvando levemente a cabeça, como se eu estivesse envergonhado. — Já vou começar.

Imediatamente parti em direção à porta, estava pronto para entrar na casa e começar a trabalhar, quando novamente fui interrompido por Hayka.

— Um servo não vai entrar na minha casa com uma espada — advertiu a mulher, com um sorriso de deboche nos lábios. — Deixe a arma do lado de fora.

— Sim, senhora — respondi, sem hesitar. Sabia que tudo o que Hayka queria era um motivo para me punir e eu não o daria a ela.

— Nossa! — exclamou Aoi, esquentadinha como sempre. — Essa mulher é uma bruxa velha e reclamona.

Olha só quem fala! Sério, Aoi não tinha o direito de falar aquilo sobre ninguém, mas Hayka realmente levava vantagem em relação à garota-espírito no critério chatice. Infelizmente para mim, o sorriso involuntário que dei não passou batido.

— Do que você tá rindo, moleque? — indagou Hayka, apontando o dedo indicador na direção do meu rosto. — Está zombando de mim?

— Não, senhora — menti, e imediatamente escondi o sorriso.

— Largue logo a espada e entre! — ordenou.

Mais uma vez, obedeci as ordens, larguei a espada próxima à entrada e entrei na casa. Contudo, Hayka não estava satisfeita em me ter como um capacho, ela sempre procurava uma maneira de me humilhar.

— Aposto que você deve ter roubado essa espada, não tem como um mero servo ter uma arma tão linda quanto essa. — Ela cruzou os braços e torceu o nariz, encarando-me com desprezo, como se eu fosse um rato ou algum outro animal nojento.

Aquele olhar me incomodava, mas, para evitar encrencas, me mantive firme e ignorei o primeiro comentário.

— Até a leprosa da sua mãe deve saber que você roubou isso.

O segundo, não passou batido.

— O que você disse?! — Cerrei os punhos e rangi os dentes de tanta raiva. — Retire o que disse sobre a minha mãe! — Àquela altura, eu já devia estar gritando e, involuntariamente, levei a minha mão direita até a bainha da minha espada.

— Kay! — Aoi me chamou, provavelmente para me advertir, e eu a ignorei completamente. Estava na hora de Hayka pagar por tudo o que ela tinha me feito.

Por um segundo, juro que todo o ar de superioridade sumiu do rosto de Hayka. A mulher chegou a dar um passo para trás, recuando. Eu estava a um passo de tomar uma atitude da qual me arrependeria pelo resto da vida, mas ainda bem que a espada não estava mais na bainha.

— O que está acontecendo aqui? — Uma voz masculina ecoou pela entrada da casa, interrompendo a conversa.

Era Huriama, filho de Hayka e herdeiro da família Dariyu.

— Meu filho! — A mulher correu para trás do garoto, como faz uma criança assustada. — Este bastardo tentou me atacar! — Ela apontou para mim.

— Do que você me chamou...? — Dei mais um passo em direção à mulher.

— Chega! — ordenou Huriama. Apesar de ser apenas dois anos mais velho do que eu, ele já tinha a aparência de um adulto e era bem intimidador. — Kay, você não tem o direito de dirigir a palavra à minha mãe sem que ela lhe dê permissão. Você sabe disso, não sabe?

— Mas...

— Não existe "mas". O castigo para tal atitude são cinquenta chibatadas.

Aoi ficou boquiaberta ao ouvir a sentença; Hayka, por outro lado, sorriu e pareceu extremamente satisfeita, como se o meu sofrimento a confortasse de alguma maneira.

Eu simplesmente abaixei a cabeça e aceitei.

Se fosse em outros tempos, quando ainda acreditava em justiça, eu teria contestado a decisão de Huriama. Teria tentado argumentar, dizendo que Hayka havia me humilhado sem motivo algum. Mas isso tudo teria sido antes de eu perceber que minha palavra não tinha nenhum valor.

A única coisa que eu podia fazer era aceitar.

CAPÍTULO 6

Meu velho amigo

— Me desculpe, senhor. — Forcei um tom de arrependimento. — Estou pronto para ser castigado, se assim desejar.

— Ótimo. — Huriama sorriu, parecendo bem satisfeito, e depois se virou para Hayka: — Não se preocupe, mãe — disse ele —, o Kay vai sofrer as consequências por te desafiar.

A mulher e o filho trocaram sorrisos maldosos e assentiram um para o outro, como se estivessem aprovando as próprias atitudes.

Em seguida, Huriama veio caminhando até mim e segurou o meu braço direito com muita força. Provavelmente, estava esperando alguma manifestação de dor da minha parte, mas não dei este gostinho a ele.

Sei que pode parecer irreal, mas, apesar da diferença de classes, e para a infelicidade de Hayka, Huriama e eu já fomos grandes amigos — os melhores, na verdade. Quando éramos mais novos, fazíamos tudo juntos. Éramos praticamente inseparáveis. Não sei dizer o que aconteceu, só que, do nada, Huriama mudou. De repente, ele se afastou de mim e passou a me menosprezar, exatamente como sua mãe fazia — e ainda faz. Parecia que ele tinha achado algo em mim que o incomodava, não sei dizer. E, agora, eu era obrigado a sofrer nas mãos de Hayka e do meu antigo melhor amigo.

Lembrar o passado me deixava bastante deprimido e desligado, só voltei à realidade quando Huriama apertou mais meu braço e começou a puxá-lo, me guiando para dentro da mansão e em direção ao velho estábulo da família. O pequeno galpão, onde ficava o estábulo, estava completamente vazio havia anos e tinha o solo todo coberto por capim. Era naquele lugar, isolado e vazio, onde os servos eram castigados. O local não era frequentado pelos membros da família e, no estábulo, os gritos de dor eram muito bem abafados.

Antes de serem castigados, todos os servos deviam estar com as costas nuas e deviam posicionar-se de frente para uma grande viga de madeira, onde eram amarrados por cordas, de modo que ficassem abraçando a madeira. Naquela posição, o subordinado não tinha como fugir ou reagir e o mestre tinha a visão perfeita para escolher a região onde queria golpear — e digo isso por experiência própria, já fui castigado algumas vezes ali.

Então, fui amarrado ao tronco. Huriama tratou de apertar as cordas que estavam ao meu redor com muita força; não só para me prender, mas para machucar também. De novo, frustrei Huriama e não deixei nenhum indício de dor transparecer, e aquilo o irritou ainda mais.

— Seu silêncio prova que você reconheceu seu erro e que concorda com sua pena — provocou Huriama, com o mesmo tom arrogante de Hayka.

Não respondi.

— Bem... já que não há objeção...

Huriama foi até um canto do estábulo, onde havia diversos chicotes pendurados em um pequeno varal de madeira, e certificou-se de pegar o que estava com o couro menos gasto. Sabia que quanto menos flexível fosse o couro, mais forte seria o golpe. Ele testou o chicote na própria mão, em uma nova tentativa de me assustar.

Daquela vez, confesso que conseguiu. Meu corpo todo estremeceu.

Infelizmente, Huriama notou a minha fraqueza e sorriu, como se o meu medo o deixasse mais forte.

Sem hesitar, o herdeiro dos Dariyu tomou posição e, após estalar o chicote no chão, deu a primeira chicotada nas minhas costas. O golpe pegou em cheio, acertando a diagonal que ia do meu ombro esquerdo até o início do quadril. Mordi meus lábios com a intensidade do golpe, mas não gritei. Ainda estava decidido a não dar este prazer ao meu velho amigo.

— Você não muda, Kay... — comentou, claramente irritado. Pronto para me chicotear outra vez. — É exatamente como naquele dia em que eu te vi chorando. Como você era um garotinho frágil... Você se lembra, não é?

Eu me lembrava, nunca poderia esquecer.

Naquele tempo, nós ainda éramos inseparáveis.

. . .

Quatro anos antes, Huriama e eu estávamos treinando esgrima juntos no centro de treinamento dos Dariyu.

A nobre família de guerreiros não tinha ninguém com idade próxima à de Huriama e, por isso, seu pai permitia que nós praticássemos algumas horas por dia.

Mas, treinar comigo, mal fazia Huriama suar. Eu não era bom com espadas ou em qualquer outra luta. A única arma que eu manuseava com certa perícia era o arco e flecha, que, naquela família, era considerada uma arma de covardes, por ser de longo alcance. Ainda que me faltasse talento, eu não deixava de me esforçar, pois sabia que aquele treinamento era importante para Huriama.

— Kay, você não precisa fazer isso... — disse Huriama, após me desarmar e derrubar-me novamente. — Já treinamos o suficiente por hoje.

— Não, senhor... — falei, limpando o sangue que escorria pela minha boca. — Eu ainda posso continuar.

— Mas...

— Por favor, senhor — insisti, forçando um sorriso —, eu ainda não estou machucado e acho que agora vou vencê-lo.

Mas eu nunca vencia. E, sinceramente, não me importava. O importante era que Huriama melhorasse cada vez mais.

Em uma família de guerreiros, eu sabia o quanto aquela prática era importante para o meu amigo. E, se não podia ser um oponente à altura, eu podia compensar na insistência, para que Huriama ao menos praticasse novos golpes em mim. A cada treino, eu reafirmava que não estava machucado, mas a verdade é que novos hematomas se espalhavam por meu corpo todos os dias. Após os treinamentos, eu sempre ia até o estábulo da família para cuidar de meus ferimentos.

E, naquele dia, Huriama me encontrou.

Enquanto enfaixava o meu abdômen, Huriama entrou no estábulo e me pegou desprevenido.

— Mas o que é isso, Kay?! — Ele se assustou com as marcas espalhadas pelo meu corpo.

— Não é nada, senhor! — Tentei inutilmente cobrir as feridas, mas Huriama segurou as minhas mãos para me impedir.

— São marcas da minha espada de madeira — observou, sentindo-se culpado. — Mas... Você me disse que não estava doendo.

— Não estava, Senhor... — menti, um pouco envergonhado.

— Não fale besteiras! — ordenou Huriama. — Deixe eu te ajudar a cuidar dos ferimentos.

Huriama sentou-se ao meu lado e terminou de enfaixar o meu abdômen. Fiquei preocupado, pois sabia que Huriama tomaria uma bronca de Hayka se ela o visse tratando de um mero servo daquela maneira. Apesar das minhas diferenças com Hayka, naquela época, eu sentia que tinha sorte. Servia à uma família respeitada, em que tanto o herdeiro quanto o líder gostavam de mim. Muitos servos viviam em condições piores do que eu.

— Pronto, Kay... — avisou Huriama, após terminar os curativos. — Acho que, se queremos treinar juntos, vou ter que te ensinar um pouco mais de esgrima antes.

— O senhor não deve se preocupar comigo! — exclamei, sentindo-me culpado. — O senhor pode e deve apenas testar suas novas técnicas em mim.

— Isso poderia ser verdade — afirmou Huriama —, mas nós não somos assim, não é?

— Não entendi, senhor... — confessei, um pouco surpreso.

— Nós somos amigos, Kay. — Ele sorriu. — E temos que ajudar e proteger um ao outro, certo?

Involuntariamente, sorri ao ouvir aquilo, realmente me emocionei. Huriama e eu nos dávamos bem, e aquela foi a primeira vez que o garoto me chamou de amigo. Tirando a relação que eu tinha com a minha mãe, aquele foi o primeiro laço que realmente construí.

— Sim, senhor! — assenti, deixando que uma lágrima escorresse pela maçã de meu rosto. — O senhor é o meu melhor amigo.

. . .

Depois daquele dia, Huriama passou a me treinar e eu melhorei muito na esgrima. Aprendi muito com ele, quase tudo o que sei, mas não me lembro de tê-lo ensinado algo. Ele era como um irmão mais velho para mim, o reflexo perfeito do que eu gostaria de ser um dia: forte, gentil e confiante. Nossa amizade era o que eu tinha de mais especial e jurava que duraria para sempre...

Nós somos amigos e temos que ajudar e proteger um ao outro.

O mesmo garoto que me disse aquilo quatro anos antes era o que me chicoteava naquele momento e era aquilo o que mais doía.

— Você finge que não sente dor... — provocou Huriama, chicoteando-me novamente. — Mas você está sozinho e desesperado e sempre foi assim!

Embora eu não tenha percebido, Aoi estava no estábulo e analisava aquela cena em silêncio. Sei que tudo o que ela sentiu foi pena, talvez porque soubesse que as palavras de Huriama eram penosamente verdadeiras.

— Tenho pena de você, Kay — concluiu, acertando-me com o chicote pela terceira vez.

Huriama ainda me chicoteou diversas vezes. Não sei quantas chicotadas recebi ao certo, mas, depois da décima, nem sentia mais dor. Já tinha perdido tanto sangue que comecei a me sentir tonto. Mesmo assim, não gritei. A dor de fato vinha de apanhar daquele que eu tinha considerado como um irmão.

Na vigésima chicotada, minhas pálpebras estavam pesadas e eu mal podia focar a visão. Tudo estava embaçado e eu sabia que estava prestes a desmaiar. Mas, para minha sorte, o pai de Huriama entrou no velho estábulo e acabou com toda aquela barbaridade antes que eu ficasse inconsciente.

— O que está acontecendo? — perguntou Kaito.

— Pai! — Huriama se surpreendeu ao ver Kaito no estábulo. — Eu estava punindo o Kay, pois ele afrontou a mamãe — explicou, firme.

Kaito arqueou uma das sobrancelhas, estranhando a informação. Ele sabia que Hayka e eu não nos entendíamos, mas também sabia que eu nunca tomaria qualquer atitude contra a mulher. E ele estava certo. Só agi porque Hayka havia tocado bem na minha ferida.

— Isso é verdade, Kay? — perguntou o homem.

— Si-sim, se-senhor... — respondi, gemendo pelo esforço de tentar falar.

— Entendo... — Kaito suspirou, lamentando. — Qual foi a sentença, Huriama?

— Cinquenta chicotadas.

— O quê?! — Kaito estava chocado. — Você ficou maluco, Huriama?!

— Essa é a punição por afrontar seu superior.

— Punição?! — Kaito parecia não acreditar no que ouvia, então apontou para mim, amarrado à viga com as costas encharcadas de sangue. — Isso está mais para uma pena de morte, Huriama.

— Talvez essa seja a punição por desrespeitar a hierarquia.

Kaito encarou Huriama por alguns segundos, na esperança de ouvi-lo dizer que aquilo era alguma piada de mau gosto. Mas não foi o que aconteceu. Huriama manteve-se com a mesma postura de sempre e aquilo pareceu deixar Kaito ainda mais irritado com o filho.

— Pode sair daqui, Huriama — ordenou Kaito, impaciente. — Nós conversaremos depois.

— Mas...

— Huriama — Kaito ameaçava o filho com o olhar —, eu estou mandando.

Como eu estava amarrado à viga, permaneci de costas para Kaito e Huriama, então não vi quando o jovem herdeiro deixou o estábulo, mas Aoi me disse que, antes de ir, Huriama me olhou com muito ódio, como se eu fosse o culpado pela bronca que ele acabara de levar. Felizmente, entre os Dariyu, Kaito ainda parecia demonstrar certa afinidade comigo.

— Me desculpe por isso, Kay. — O homem aproximou-se da viga para começar a me desamarrar. — Isso está mais para tortura do que para punição. — *Como se houvesse diferença para os servos de Tormenta*.

Tentei, mas não tive forças para responder.

Depois de me soltar, Kaito deitou o meu corpo no chão com cuidado, de modo que fiquei com a barriga para baixo e as costas expostas.

— Deixe-me ajudar enfaixando suas costas — pediu Kaito. — É o mínimo que posso fazer.

Assenti, pois sabia que não adiantaria discutir sobre aquilo. Sem querer, lembrei o dia em que Huriama cuidou de mim e, mais uma vez, senti o peito apertar com a lembrança da velha amizade que tivemos um dia.

Levou cerca de uma hora até que Kaito terminasse de me enfaixar. O homem sentia pena de mim, ele conhecia toda a minha história e se sentia culpado por saber que seu filho havia sido o responsável por tantos ferimentos.

— Descanse o quanto quiser e depois pode ir pra casa, pegue uns dias para se cuidar, Kay. — Kaito sabia que eu não ia conseguir trabalhar mais naquele dia. Sem dizer mais nada, o homem deixou o estábulo. O ângulo de onde eu estava não favorecia, mas, de relance, tive a impressão de vê-lo chorando enquanto se retirava.

Aoi se agachou ao meu lado e passou a mão pelos meus cabelos. Para minha surpresa, seu toque me acalmou quase instantaneamente.

— Descanse um pouco, Kay — disse ela, com um sorriso preocupado nos lábios.

Não sei se Aoi fez uso de alguma magia ancestral ou de alguma outra bruxaria, mas suas palavras e aquele toque funcionaram como um sonífero para mim. Depois de ouvir e senti-la, tudo ficou escuro e eu dormi quase imediatamente.

CAPÍTULO 7

Um novo golpe

Como esperado, depois de uma noite toda em claro, meu sono foi bastante pesado. Acordei bem desorientado, depois de dormir por cerca de duas horas no chão do estábulo.

— O que aconteceu...? — Eu estava completamente perdido. — Ai! — Minhas costas ardiam.

— Você não se lembra? — Aoi estava sentada no chão, com as pernas cruzadas, a apenas alguns centímetros de mim. — Você é realmente bem estranho...

— Não... — confessei, levantando-me com cuidado. — Lembro de pouca coisa do que aconteceu depois da décima chicotada do Huriama... Lembro algo a respeito do Sr. Kaito aparecer...

— Exatamente — começou Aoi, com seriedade na voz. — Você estava prestes a perder a consciência de tanto que já tinha apanhado. Sua sorte foi que o pai daquele moleque folgado chegou e te salvou.

— Entendo... — falei, finalmente de pé. — Acho que você está certa, tive mesmo muita sorte. O Sr. Kaito seria o único dessa família a fazer algo a meu favor e foi logo ele que apareceu...

Aoi assentiu.

— Aquele outro garoto ia acabar te matando! — Eu podia ver em seus olhos que ela não estava brincando. — Você estava quase inconsciente e mesmo assim ele continuou te batendo.

Abaixei a cabeça ao ouvir aquilo, recordando mais uma vez como Huriama um dia tinha sido tão bom comigo.

— O Huriama nem sempre foi daquele jeito... — comentei, tristonho.

— É muito nobre que você ainda o considere depois de hoje... — observou Aoi, com um sorriso nos lábios. — Isso prova que você é diferente dele.

Sem perceber, sorri de volta para Aoi. Ela devia estar com muita pena de mim, porque estava sendo extremamente gentil. Aquilo não era nada típico dela. Então, fiquei um pouco confuso com aquela mudança tão radical de humor. Mas não me manifestei, eu preferia aquela Aoi à outra versão birrenta e mandona.

— Aconteceu mais alguma coisa que eu precise saber? — perguntei, enfim.

— Hã? — Aoi me olhou, levando o dedo indicador ao queixo enquanto pensava. — Ah! — exclamou ela, de repente. — Você ganhou dias de folga para se recuperar!

— Sério? — Estranhei a informação.

— Sim. Foi o pai do moleque folgado que disse.

— Se o Sr. Kaito ordenou que eu tirasse alguns dias, o que posso fazer? — Meu sorriso ia de orelha a orelha com aquela informação. — Podemos aproveitar a minha folga para treinar!

— O quê?! — indagou Aoi, espantada. — Você nunca quer treinar, mas, especialmente hoje, que mal consegue ficar de pé, você quer?!

— Eu preciso treinar, Aoi — afirmei, determinado. — Tenho mais dois dias para conseguir o sangue de uma quimera, esqueceu?

— Você ainda tá com essa ideia maluca?

— Não tenho escolha... — Deixei escapar um suspiro. — Sei que não estou nas melhores condições para lutar depois das chicotadas de hoje, mas preciso do dinheiro para pagar o tratamento da minha mãe e só vou consegui-lo se eu matar uma quimera.

Aoi ficou em silêncio. Manteve os olhos fixos em mim, como se estivesse me analisando. Posso jurar que ela não se moveu por quase um minuto inteiro. É óbvio que aquilo começou a me incomodar.

— Aconteceu alguma coisa, Aoi? — perguntei, arqueando uma das sobrancelhas. — Você parou de falar do nada... E nós dois sabemos que isso é raro.

— Acho que conheço um jeito de te ajudar — anunciou ela, ignorando o meu comentário.

— Como?!

— Eu não queria te ensinar isso até depois do torneio, porque eu temia que você usasse contra humanos comuns — começou ela, ainda parecendo um pouco pensativa. — Não seria justo se você fizesse isso, sabe?

— Se eu fizesse o quê?!

— Calma. Vou explicar. — Aoi suspirou, e previ que aquela conversa poderia ser longa. — Você se lembra de que eu te disse que sua espada é especial?

— Lembro, sim. Aquele papo da espada ser de um Deus ou algo assim, né?

— Isso — confirmou Aoi, esforçando-se muito para manter a calma. — Uma espada especial, como a sua, é capaz de realizar alguns golpes que são especiais, entende?

— Uau! — Fiquei impressionado. — E como são estes golpes especiais?

— Normalmente, é o portador da espada quem cria o seu próprio golpe — explicou ela, séria. — Ninguém consegue prever o quão poderoso pode ser. Isso só depende de você. Porém, antes de criar qualquer coisa, você precisa entender o básico; você precisa manifestar o poder da sua lâmina ancestral.

— Eu vou poder criar minha própria técnica secreta?! — perguntei, muito empolgado. — E, com isso, vou poder derrotar uma quimera mesmo estando tão machucado?

— Sim, você vai criar sua própria técnica. — Ela respondeu a minha primeira pergunta sem hesitar, mas, quanto à segunda, não pareceu tão certa. — Bem... como eu disse, se conseguir manifestar o poder da sua espada com perfeição, acredito que seja possível que você, mesmo machucado, vença uma quimera.

— E como manifesto tal poder?

— Essa é a parte complicada... — Aoi torceu o nariz, receosa. — Você só consegue manifestá-lo se vencer o seu antigo portador em uma batalha.

— Antigo portador... — repeti, tentando entender. — Como assim?

— Essa espada é uma arma lendária, que pertence a um dos Quatro, é assim que nos referimos aos quatro grandes deuses de Tormenta, e ela está neste mundo há milhares de anos. E, assim como você é o portador da espada agora — ela apontou para mim —, houve outros antes e o único jeito de tornar sua essa lâmina e o seu poder é derrotando o antigo portador em uma luta.

— Uma luta?! — Eu estava ficando inconformado com aquilo. — Estou tão machucado que mal consegui me levantar! Não tenho como lutar!

— Não se preocupe, não será uma batalha física...

— Como é que vai ser então?!

— Vai ser um confronto espiritual. Entre você e o meu antigo pupilo.

— Eu não faço ideia de como isso funciona...

— Vou te explicar tudo melhor quando estivermos treinando.

— Certo — concordei, determinado. — Como estou de folga, podemos ir embora e treinar agora!

— Por mim, tudo bem.

Mesmo sabendo que teria uma batalha pela frente, eu estava tão empolgado que tinha vontade de sair correndo dali. Mas minha condição física ainda me limitava. Fazia apenas algumas horas do castigo de Huriama, então, não consegui realizar certos movimentos, como correr. Por mais que odiasse aquilo, fui forçado a atravessar a mansão dos Dariyu, desde o estábulo até a saída, caminhando como um velho de bengala.

Por sorte, não encontrei ninguém pelo caminho. Mas, logo que pisei fora da casa, deparei-me com Huriama parado à porta. Parecia admirar minha espada. Ele estava tão vidrado na lâmina que demorou algum tempo para perceber a minha aproximação.

— Você tem uma bela lâmina aqui... — comentou, sem tirar os olhos da espada nem por um segundo sequer.

— Obrigado — respondi, em seguida peguei a espada e me retirei, sem dizer mais nada.

Sei que pode parecer estranho. Mas, tive a sensação de que, enquanto eu me afastava, Huriama ainda me acompanhava com o olhar. Senti uma energia negativa emanando dele. E aquela sensação não era nada boa.

CAPÍTULO 8

O segredo de Satiko

Minha alegria por ter ganhado o dia de folga não durou muito. Logo que deixei a mansão dos Dariyu, senti os meus ferimentos voltarem a doer. O certo seria que eu esperasse na casa de Huriama até a dor aliviar, mas eu era orgulhoso demais para aquilo. E não suportaria ver a cara de satisfação de Hayka ao me encontrar, todo ferido, sem condições de deixar o seu abrigo.

Em passos tão lentos como os de uma tartaruga, demorei mais de duas horas para chegar à Vila da Madeira. Aoi seguia ao meu lado, em silêncio, ainda parecendo um pouco pensativa. O sol já estava se escondendo quando chegamos em casa. Tive esperança de encontrar a minha mãe acordada e bem. Imaginei que poderíamos ter uma noite agradável em família, conversando sobre tudo o que havia acontecido durante o dia, como fazíamos antigamente — sempre falávamos mal de Hayka juntos e nos divertíamos com isso.

Óbvio que aquilo não aconteceu.

Quando entrei, minha mãe ainda estava desacordada, mesmo assim, tive uma outra surpresa.

— Satiko? — Ela estava ajoelhada ao lado de minha mãe. Eu tinha esquecido completamente de que a garota tinha se oferecido para cuidar dela. Notei que Satiko segurava um pequeno cantil de bambu próximo aos lábios de minha mãe e imediatamente lembrei-me da orientação do Velho Izuno sobre fazê-la ingerir líquidos periodicamente. — Você realmente veio ajudar — comentei, feliz em saber que realmente havia mais alguém com quem contar.

— Ah! — gritou ela, quase dando um salto ao ouvir a minha voz. Aparentemente, ainda não tinha notado a minha presença. A cena do grito de surpresa foi bem engraçada e tive que me esforçar para não rir. — Eu não queria entrar aqui sem sua autorização, mas estava preocupada e queria ver como Aysha estava... — explicou, mesmo sem necessidade, e, como sempre, enrubesceu ao me ver, deixando toda a sua timidez explícita.

— Não se incomode com isso, Satiko. — Esbocei um sorriso gentil. Aquela garota não tinha obrigação de me ajudar, o mínimo que eu poderia fazer era ser legal com ela. — Você pode vir aqui quantas vezes quiser... Está me ajudando muito, sério.

— Nossa! — exclamou Aoi, ao meu lado. — Comigo você nunca foi gentil assim!

Eu a ignorei completamente.

— Obrigado, Kay — agradeceu Satiko, ainda mais vermelha.

— Sem problemas — respondi, e fui me sentar ao lado dela, mas foi só eu agachar, que senti uma fisgada nas costas. Soube imediatamente que as feridas haviam se aberto novamente e senti muita, muita dor mesmo. — Ai! — Levei a mão às costas, involuntariamente. Não sei se foi devido à perda de sangue, mas, além da dor, senti uma breve tontura e caí de bunda no chão. Aquilo desesperou tanto a Aoi quanto a Satiko.

— Kay! — exclamaram juntas, ambas vindo ao meu amparo.

— O que aconteceu? — perguntou Satiko, enfim.

— Bem... digamos que tive um dia difícil no trabalho — respondi, forçando um sorriso. — Não me comportei como devia e acabei punido.

— Torturado... — murmurou Aoi, com um tom de ironia.

— Deixe-me ver! — pediu Satiko, já se aproximando. Sem esperar pela minha autorização, ela abriu o meu quimono e pareceu apavorada. — Mas o que é isso?! Se você não se cuidar, vai acabar infeccionado e o problema vai ficar bem mais sério!

— Não se preocupe, já fizemos curativos — avisei, despreocupado.

— Isso não basta! — rebateu Satiko, com firmeza. — O ferimento precisa respirar, as marcas parecem bem profundas... Nós temos que... — Diante da urgência, ela pareceu esquecer completamente o que estava dizendo e ficou irritada, dando ordens: — Deite-se virado com as costas para cima, vou cuidar disso.

— Não precisa...

— Deite-se agora! — repetiu ela. Nem parecia mais a garota que corava só de ouvir a minha voz.

Assenti, enfim. Retirei a parte de cima do meu quimono, ficando com as costas e barriga nuas, e me deitei como orientado.

— Uau... — Aoi estava admirada com o que via. — Até que gosto dessa menina, ela te põe na linha.

Sem ter muita escolha, aceitei que Satiko cuidasse dos meus ferimentos. A garota passou em cada uma de minhas feridas uma pomada muito similar à que ela e Izuno usaram na minha mãe, argumentando que aquilo ajudaria na cicatrização. Como ainda não tinha usado aquela pomada, eu não fazia ideia do quão ardida era. Sem exagero, havia marcas por toda a extensão das minhas costas e a região estava bastante sensível, até os toques de Satiko, por mais leves que fossem, provocavam uma leve ardência; não era uma dor insuportável, mas era bem persistente. Eu, como sempre, estava decidido a não deixar a dor transparecer.

Não sei dizer por quanto tempo Satiko cuidou dos meus ferimentos, mas, como a dor não cedia, pareceu uma eternidade. Depois de passar a pomada, para a minha surpresa, ela não enfaixou novamente o local. Apenas se levantou e voltou sua atenção para a minha mãe, deixando-me ali, com as costas nuas e deitado no chão gelado. Na inocência, pensando que não havia mais nada para mim, tentei me levantar, mas fui imediatamente repreendido.

— Fica deitado! — ordenou Satiko, seu olhar me atingiu em cheio, fazendo eu me sentir como uma criança assustada, e eu vi pela primeira vez o quão assustadoras as garotas podem ser quando são contrariadas. — As feridas precisam respirar por um tempo.

— Tudo bem... Desculpe. — E deitei no chão de novo, emburrado.

— Não tem problema — disse Satiko, de repente, recuperando o costumeiro tom gentil e amistoso de sempre. — Eu só não quero que você se machuque mais...

E ela voltou a parecer fofa.

Ainda assim, a repentina mudança de humor de Satiko tinha me deixado bastante assustado. Temia que fosse do tipo de pessoa que é gentil e amável quando tudo está do jeito que ela deseja, mas que se transforma do nada quando acontece algo que não lhe agrada. Torci para que Satiko fosse diferente disso, afinal, eu não aguentaria outra Aoi, que, aliás, estava se divertindo muito com as repentinas mudanças de humor de Satiko.

— Ela é doida... até que vocês combinam.

Acabei corando ao ouvir o comentário de Aoi e, sem pensar, gritei uma resposta:

— Fica quieta, Aoi! Cuida da sua vida!

Aoi ficou muda e, se ela já não fosse suficientemente albina, eu diria até que ela estava pálida. Em princípio, não entendi o motivo do seu desespero. Então, ela apontou o dedo para trás de mim, eu o acompanhei até Satiko, que me encarava num misto de medo e surpresa.

— Opa...

— Com quem você tá falando...? — Pude ver em sua expressão que ela já estava com medo da minha resposta.

E foi a minha vez de ficar pálido.

Pensei em diversas desculpas para dar a Satiko, mas nenhuma se encaixaria direito com a história. Até porque, no momento em que falei "fica quieta", não havia nenhum som de conversa e, para piorar, eu disse o nome de Aoi. Não pensei em nada que pudesse cobrir tantas lacunas. Então, o melhor que pude fazer foi dizer a verdade.

— Desculpe, estava falando com a garota-espírito que vive me seguindo — respondi, sério.

Em seguida, fiquei em silêncio e esperei por alguma resposta de Satiko, mas ela permaneceu calada. Tenho certeza de que estava aguardando qualquer sinal meu que indicasse que aquilo era uma brincadeira. Só que não dei sinal algum. Então, diante de uma situação tão anormal, Satiko só conseguiu pensar em uma coisa para me perguntar.

— Você por acaso bateu a cabeça enquanto estava sendo punido? — Havia desconfiança no seu tom de voz, como se ela estivesse falando com algum louco.

— O quê?! — indaguei, confuso. — Eu tô falando a verdade! Tem uma menina invisível e muito chata que vive atrás de mim!

— Ei! — Aoi me olhou feio e, para variar, voltou a me xingar.

Porém, eu não estava preocupado com as ofensas de Aoi. O que estava me assustando era o silêncio de Satiko, que continuou a me encarar com descrença. Não consigo imaginar o que estava passando pela cabeça dela naquele momento. Só sabia que ela devia estar bastante confusa, então decidi ajudá-la, provando que eu estava falando a verdade.

— Se você não acredita, segure a minha espada. — Desvencilhei com cuidado à bainha da minha cintura e a estendi para que Satiko pegasse. — Basta segurar o cabo da espada e eu permitirei que você veja a Aoi.

Aoi tinha me dito logo que nos conhecemos que um humano só poderia ouvi-la e vê-la caso o portador de sua lâmina ancestral, no caso eu, autorizasse. Para isso, bastava que o humano em questão segurasse na lâmina com o meu consentimento.

Como Satiko estava ali cuidando da minha mãe, eu sabia que podia confiar nela, mas Aoi não parecia tão certa quanto eu.

— Kay, você tem certeza... ? — perguntou a garota-espírito, receosa.

Assenti, determinado. Não só para confirmar à Aoi, mas também para incentivar Satiko a tocar a lâmina. Demorou um pouco, mas trocamos olhares e ela finalmente segurou o cabo da espada. E posso dizer que sua reação ao ver um espírito foi bem diferente da minha, ou de qualquer outra pessoa, eu imaginava.

— Que menina mais linda! — Satiko estava maravilhada. — Quem é ela?!

— É a garota-espírito chata de quem eu te falei — respondi, sem acreditar direito naquela reação.

— Essa garotinha?! — Satiko me olhou confusa, estranhando a informação. — Ela parece ser bem fofa.

— Obrigada, Satiko — E, por um segundo, Aoi pareceu realmente uma garotinha fofa. — Você também é muito bonita...

— O que tá acontecendo?! — Era a minha vez de ficar confuso. Então, virei para Satiko: — Você acaba de ver um espírito e não se assusta nem um pouco? Não tem perguntas? Isso é mesmo tão normal para você?!

— Claro que tenho perguntas! — respondeu Satiko, séria. — Eu não me assustei porque achei essa menina muito fofa; se eu fosse imaginar um espírito, nunca seria com uma aparência tão amistosa assim. Mas, claro, quero entender melhor essa história de como um espírito entrou na sua vida, Kay.

Quando eu estava prestes a responder, Aoi me interrompeu e tomou à frente, contando sua versão da história. Obviamente, ela fez questão de ressaltar que me salvou de uma quimera enquanto eu chorava feito um bebê. E não parou por aí. Com seu talento natural para falar, Aoi conseguiu, em pouco mais de cinco minutos, resumir tudo o que estava acontecendo na minha vida. Falou até sobre o homem estranho que havia me contratado para matar outra quimera e também comentou a respeito das chicotadas que eu havia levado mais cedo, da folga que tinha recebido do Sr. Kaito, do Torneio de Classes e tudo mais. Satiko agora já sabia tanto quanto eu do treinamento que eu faria para manifestar a minha espada.

Depois de ouvir Aoi descrever minha vida, Satiko parecia estar realmente impressionada com os acontecimentos que nos cercavam.

— Nossa! A vida de vocês é mesmo muito agitada... — comentou, com um misto de entusiasmo e medo. — Kay, não que eu duvide da sua palavra, mas, se não tivesse visto Aoi com meus próprios olhos, eu teria pensado que você tinha tirado todo esse papo de espíritos e espada dos deuses de algum livro para adolescentes malucos.

— Pois é... — concordei, meio que lamentando. — Só que eu preferia ter uma vida normal do que uma vida agitada. Sério.

— Olha... A minha vida não é normal também, mas ela é bem chata. Não faço nada o dia inteiro.

— Você não trabalha como os outros servos? — perguntou Aoi. — Desde que conheço Kay, ele é forçado a trabalhar todos os dias, caso contrário, ele tem que pagar uma taxa.

Eu estava prestes a fazer a mesma pergunta, então fiquei bem atento à resposta de Satiko. *Como ela poderia ter tanta disponibilidade a ponto de se oferecer para cuidar da minha mãe durante as tardes em que eu estava no trabalho?* E Satiko foi muito mais direta do que eu esperava. Fiquei realmente surpreso.

— Sou uma bastarda... — Ela deixou escapar um sorriso envergonhado no canto da boca. — Minha mãe era uma serva e o meu pai é um nobre. Não sou considerada nobre e também não sou uma serva, portanto não sou obrigada a trabalhar para nenhuma outra família.

— Credo! — comentou Aoi, com sua sinceridade inconveniente de sempre. — Então você está entre o nobre e o servo? Você não pertence a nenhuma classe?

— Fica quieta, Aoi! Isso é bem normal, infelizmente! — adverti, mas confesso que estava curioso para ouvir Satiko. É verdade que existiam muitos bastardos em Tormenta, só que eu nunca tinha conhecido um.

— Não tem problema... — Satiko ainda estava meio encabulada. — É mais ou menos isso. Eu não pertenço a nenhum lugar. Os nobres me acham uma suja, pois sou filha de uma ex-serva... Então, prefiro viver com os servos. Aqui ninguém liga para quem são os meus pais.

— Entendi... — Senti um pouco de pena dela. — Tenho a impressão de que nós já nos conhecíamos antes... — resolvi mudar o assunto. — Você acha o mesmo?

— Já nos conhecemos, sim — afirmou ela, finalmente voltando a dar um sorriso sincero. — Nós brincávamos juntos quando éramos crianças, sempre que a minha mãe vinha visitar o meu avô nós nos encontrávamos... Já faz um bom tempo, foi antes da sua mãe...

— Antes de a minha mãe adoecer — concluí. — Não me lembro... Mas não entendo porque deixamos de nos encontrar. Você parou de visitar o seu avô?

Satiko assentiu e o desgosto tomou o seu semblante.

— Apesar de ter se casado com a minha mãe, meu pai não gosta que eu me misture com outros servos, então ele me proibiu de visitar o meu avô. — Ela suspirou, lamentando pelas próprias palavras. — Não sei como as coisas aconteceram entre eles, na verdade. O meu pai é muito preconceituoso.

— Então você está aqui sem o seu pai saber? — inquiriu Aoi baixinho, como se estivesse compartilhando de um segredo. — Não é perigoso que ele descubra...?

— Não tem problema, minha mãe me deixa vir e, para evitar problemas, só preciso voltar para casa antes dele... — calou-se de repente e os olhos dela alternaram entre Aoi e eu. — Que horas são?!

— Sei lá… — respondi, sem entender a importância daquilo. — Já escureceu, com certeza.

— Preciso ir embora! — Satiko estava com os olhos esbugalhados de tanta preocupação. Era espantoso como a hora havia passado tão rápido. — Amanhã eu venho ajudar vocês no treinamento! Aproveite essa noite para descansar bem, Kay! — Ela se levantou e foi em direção à porta.

— Tudo bem — respondi, sem me mover.

— Até amanhã, Satiko. — Aoi acenou para ela.

Satiko sorriu para nós e se foi. Ao vê-la sair correndo, entendi que ela devia realmente estar bem encrencada.

— Gostei dessa menina — comentou Aoi, aleatoriamente como sempre.

— É… — concordei, sem pensar. — Mas parece que o pai dela é um completo babaca, né?

Aoi assentiu.

— Como que ele pode ser tão preconceituoso sendo que se casou com uma serva? A filha descende de um servo, então é como se ele em parte odiasse a própria filha…

— Pois é… — Não sei mensurar o quanto pessoas preconceituosas como o pai de Satiko e Hayka me irritavam, mas era muito, muito mesmo. — As pessoas deviam se importar com mais do que uma mera classe social...

— É, Satiko deve mesmo ser muito diferente do pai... — comentou, pensativa. — Ela parece ser do tipo que não liga para a sua posição, afinal, fez questão de estar aqui só porque quis ajudar.

— É verdade... — Sorri. — São pessoas boas assim que fazem a diferença no mundo. É por elas que devemos lutar.

— Que poético você...

— Deixa de ser boba! — rebati. Aoi e eu acabamos rindo juntos e a conversa rendeu bastante naquela noite.

Óbvio que tentei aproveitar o bom humor da garota para descobrir mais sobre o treinamento do dia seguinte, mas ela não me revelou nada e, como eu estava bem cansado, também não insisti muito no assunto.

O dia tinha sido longo e eu só queria dormir. Quando acordasse, travaria minha primeira batalha espiritual.

CAPÍTULO 9

O mundo dos espíritos

Na manhã seguinte, acordei misteriosamente bem melhor. Meu corpo ainda doía um pouco, mas não era nada se comparado com o que eu tinha sentido no dia anterior. Ainda não conseguia acreditar no que tinha acontecido. Fui punido em outras ocasiões, mas nunca de maneira tão severa. De acordo com Aoi, se não fosse pela chegada do Sr. Kaito ao estábulo, Huriama teria me matado com tantas chicotadas. Por isso a minha surpresa era tão grande: em menos de um dia, eu tinha passado de quase morto para quase curado.

Empolgado com a melhora, levantei rapidamente e comecei a procurar por Aoi. Queria falar sobre a minha mágica recuperação, mas não a encontrei. Tudo estava exatamente como na noite anterior: o cantil de bambu de Satiko jogado no chão, assim como a minha espada; minha mãe seguia desacordada, e outra vez senti o coração apertar ao vê-la. Com o medo de sempre, fui até ela para verificar se ainda respirava. Meu alívio foi imediato, ela estava bem. Então voltei a pensar no que poderia ter acontecido com Aoi.

Era difícil acreditar que a garota-espírito-mandona tivesse simplesmente desaparecido. Afinal, desde que nos conhecemos, ela nunca tinha se afastado de mim. Na verdade, ela jamais me deixava sozinho. Sei que é meio idiota, porque ninguém além de Satiko e eu conseguia ver Aoi, mas fiquei preocupado por não encontrá-la. Por ser um espírito, a garota não sentia fome nem sede, não tinha nenhuma necessidade, então não havia explicação aparente para seu sumiço. Desconfiado, peguei a espada, ajustei-a na cintura e, mesmo morrendo de fome, saí de casa na esperança de encontrá-la.

Eu não tirava uma folga havia muitos anos e tinha me esquecido como a Vila da Madeira era deserta durante o dia. Tinha acordado algumas horas mais tarde do que de costume e, quando saí de casa, percebi que tudo estava muito quieto. Em um dia normal, àquela hora todos os servos, inclusive eu, já deviam estar trabalhando. E foi naquele cenário, no meio de milhares de barracos de madeira vazios, que comecei a procurar por Aoi. Devo ter andado por cada uma das ruas de barro da vila pelo menos duas vezes e não encontrei nenhum sinal da garota-espírito.

Depois de tanto andar, minhas pernas começaram a doer, assim como outras partes do meu corpo. Sabia que não estava completamente curado, por isso não devia estar fazendo todo aquele esforço. Então, cedendo ao cansaço, acabei me sentando no meio da rua. Por desencargo de consciência, dei uma boa olhada ao redor. Tudo era bastante alaranjado, desde o barro até a cor dos compensados de madeira que formavam a estrutura de todas as casas da vila.

O único movimento vinha de alguns cachorros vira-latas que brigavam por um pedaço de osso velho em um dos canteiros — espécie de cavidades a cerca de trinta centímetros no chão, que acompanhavam toda a extensão da rua pelas laterais, a ideia era que a água sempre escorresse por ali, para evitar uma enchente. Olhei até nos postes de iluminação, mas não achei Aoi. Fiquei me perguntando se eu tinha feito algo que irritou tanto Aoi a ponto de ela ir embora.

Aos poucos, fui passando de preocupado para muito assustado. Comecei a pensar nas nossas conversas, tentando lembrar de qualquer comentário seu que pudesse me dar uma dica sobre seu paradeiro, mas nada me veio à mente. Nada sobre encontrá-la, eu digo. Porque, ao me lembrar de um dos sermões que recebi de Aoi, acabei lembrando de que ela sempre dizia que nós estávamos ligados pela minha espada. Então, enquanto eu tivesse a arma, sempre poderíamos sentir a presença um do outro, como se estivéssemos conectados.

"Eu sou o espírito guardião da espada do Deus Ar e você, Kay, é o portador da espada. Sua lâmina é o que nos liga. Chegará um dia que só de tocar a espada você poderá sentir a minha presença e eu sentirei a sua, e isso vai indicar que você está começando a entender o seu verdadeiro poder", Aoi me disse certa vez, enquanto me explicava mais sobre sua ligação com a lâmina.

Sem pensar duas vezes, olhei para a minha espada e a tirei da bainha. Admirei o brilho da lâmina por alguns segundos; nada aconteceu. Não senti a presença de Aoi nem de nada relacionado a ela. Sem dúvidas, eu estava pagando por minha displicência nos treinamentos. Uma espada sagrada era só um pedaço de aço velho nas minhas mãos. Não havia o que pudesse ser feito. Tormenta era muito grande e eu não encontraria Aoi facilmente, então fechei os olhos e lamentei.

Aoi, onde foi que você se meteu?

Então, senti minhas mãos tremerem.

Abri os olhos e percebi que não eram as minhas mãos que se moviam, mas, sim, a lâmina da espada, que cintilava. Podem me chamar de louco, só que tenho certeza de que a lâmina estava tentando me dizer ou mostrar algo.

Cedendo ao meu instinto, levantei e ergui a espada bem a frente do meu corpo. E, mais uma vez, ela tremeu, fazendo o meu braço dar uma guinada para a direita. Respondendo àquela espécie de chamado, segui naquela direção. Por alguns minutos, a lâmina apresentou um brilho constante, mantendo sua intensidade. Então, outra guinada, agora para a esquerda. Entendi perfeitamente que aquela era a nova direção que eu devia seguir. Para a minha sorte, as ruas estavam desertas, senão eu teria sido tachado de demente por estar correndo de um lado para outro com uma espada erguida aparentemente sem propósito algum. Acompanhando a direção indicada pela espada, acabei saindo da Vila da Madeira e indo parar no meio de uma floresta.

Na maldita Floresta das Quimeras.

Ironicamente, a mesma em que encontrei Aoi e a espada quando quase morri. A mesma para onde eu teria que voltar para lutar com uma quimera a serviço de um estranho, para finalmente salvar a minha mãe.

Tinha me esquecido de quão assustadora aquela floresta era. Logo que comecei a caminhar, muito medo tomou conta de mim, exatamente como havia sido no dia em que conheci Aoi. A mata, extremamente densa e homogênea, não permitia que eu me localizasse direito. Eu podia estar correndo em círculos sem saber. Os troncos das árvores eram muito longos e grossos, chegando a trinta metros de altura, então tudo o que eu conseguia enxergar ao olhar pra cima eram folhas, galhos e alguns raros feixes de luz que atravessavam a vegetação ocasionalmente.

Depois de vinte minutos andando, e com muito medo de ser pego desprevenido por um monstro, cheguei à beira de um riacho, onde tudo era completamente oposto ao restante da floresta. Um pequeno campo cercava aquela área. Ali, a grama era bem rala, dando a impressão de ser aparada periodicamente, o que não fazia nenhum sentido. O sol não era tapado por galhos de árvore e brilhava forte àquela hora, sua luz era toda refletida pelas águas, valorizando ainda mais a paisagem. Nunca tinha visto um lugar tão lindo e limpo. Nem mesmo o grande jardim da mansão dos Dariyu se comparava com a beleza das flores que cresciam ali. Era tudo natural e perfeito. Aquele seria um ótimo lugar para amantes passarem algum tempo juntos, mas não foi uma amante que eu encontrei ali e, sim, um espírito.

De costas para mim, flutuando sobre as águas do riacho estava Aoi.

Meu peito relaxou com a sua visão. Ela parecia estar bem. Não conseguia acompanhar seu olhar, mas acho que focava o céu e parecia bem pensativa. O vento soprava suavemente, criando ondas nos seus cabelos tão brancos como o seu vestido. Era uma cena até bonita, não fosse o fato de um espírito estar flutuando diante de mim. Meu alívio por finalmente encontrá-la foi tanto que ficar assustado foi a última coisa em que pensei. Afinal, aquela era Aoi.

Então, a espada parou de vibrar. Guardei-a na bainha e comecei a chamar Aoi da beira do riacho. A cena era quase cômica.

— Aoi! — gritei, acenando com a mão direita. — Como é que você some assim do nada?! Eu estava preocupado!

Aoi não pareceu surpresa ao ouvir minha voz, ela se virou e sorriu, parecendo alegre, e flutuou em minha direção.

— Senti você se aproximando — disse ela, já a apenas um palmo de distância de mim. — Fico feliz que você tenha se saído tão bem na primeira parte do treinamento.

— Ué... já começamos a treinar? — Fiquei confuso.

Aoi assentiu.

— Você conseguiu usar sua espada para sentir a minha presença e este era o primeiro passo.

— Como assim?

— Eu te disse ontem, depois de você tomar uma surra, que você teria uma batalha espiritual hoje para manifestar o verdadeiro poder da sua espada, não disse?

— Aham.

— E como você espera lutar com um espírito sem sentir a presença de um? — Aquela era uma boa pergunta, que eu não soube responder. — De qualquer maneira, você se saiu bem. Pensei que teria que te esperar o dia todo, mas ainda não estamos nem perto da hora do almoço.

Minha barriga roncou de tanta fome só de ouvir a palavra "almoço".

— Agora vou ter que lutar com seu amigo espírito?

— Não, ainda não — Aoi respondeu, séria. — Eu queria esclarecer algumas coisas sobre as magias e os perigos que envolvem a sua espada...

— Quando você fala sobre magia, está se referindo também ao fato de que ando me curando muito rápido? — perguntei, lembrando de como eu havia acordado em melhor estado. — Ainda sinto dores, mas não parece que tomei uma surra que quase me levou à morte ontem...

— Sim, isso também está relacionado à espada, é natural que o portador de uma lâmina sagrada se cure com mais velocidade — confirmou ela. — Como eu já disse, quando seu poder se manifestar, após vencer a batalha espiritual, você vai conseguir criar os seus próprios golpes. E, como percebeu hoje, a lâmina te permite sentir a minha presença, mas isso funciona para qualquer outro espírito, desde que você se mantenha sempre concentrado ao segurá-la, nenhum detalhe lhe passará — explicou. — Mas, antes do treinamento, eu gostaria mesmo de aproveitar e falar mais sobre os perigos e sobre os deuses, criadores de todas as quatro lâminas ancestrais.

— Tudo bem — interrompi, levando a mão até a minha barriga. — Mas, enquanto você fala, posso comer alguma coisa? — Havia uma macieira perto de nós.

Após forçar uma pequena pausa na conversa, fui colher algumas maçãs. Já conhecia Aoi muito bem e sabia que aquela não seria uma conversa rápida. Se eu continuasse muito mais tempo sem comer, acabaria desmaiando de tanta fome.

— Ou essas maçãs são as mais gostosas que já comi em toda a minha vida ou estou faminto demais para fazer um bom julgamento! — exclamei, enquanto Aoi e eu sentávamos à beira do lago segurando duas frutas cada; eu pretendia comer todas as quatro, considerando que Aoi não sentia fome e nem desejo de comer.

— Vamos ao que interessa — foi a vez de Aoi me interromper. — Você conhece um pouco sobre a lenda dos Quatro, não é?

— Conheço... — Dei uma mordida na maçã antes de continuar. — Sei que eles também são chamados de deuses elementares, pois cada um deles é responsável por um elemento que compõe o nosso mundo: Ar, Fogo, Terra e Água. Cada elemento recebeu o nome do Deus que o criou, ou algo do tipo, não é?

— Exatamente! — Aoi sorriu, satisfeita com o que ouviu. — E, nos tempos antigos, todos os deuses andaram por Tormenta — completou.

— Já ouvi falar disso também, mas qual o motivo da partida dos deuses? — Aquilo não fazia sentido pra mim. — Eles criaram tudo e se foram...

— A resposta é simples e direta: eles não tinham mais nada pra fazer aqui.

— Como assim?! — Estava acabando de comer a primeira maçã, mas fiquei tão irritado com o que ouvi que quase engasguei. — Eles têm muito para fazer aqui! Você já viu como vivemos?! Os servos e o lixo são a mesma coisa!

— Calma, vou explicar tudo... — avisou a garota. — Tormenta não ficou abandonada. Para zelar a paz, cada um dos Quatro deixou aqui um guardião, um filho seu e uma lâmina, que deveria ser usada apenas por um humano. Isto porque, no fim das contas, este mundo foi criado apenas para os humanos. E nós, guardiões, estamos aqui apenas para orientá-los.

— Então vocês são péssimos orientadores! — exclamei, e fui me levantando. — Olhe como Tormenta está, Aoi! Olhe para a maneira como vivo!

— Eu sei... — Aoi abaixou a cabeça e pareceu lamentar. — Todos nós temos culpa nisso... A sede pelo poder dividiu os guardiões e foi aí que a humanidade começou a se perder.

— Sede pelo poder... — repeti, e mordi uma nova maçã. — O que quer dizer com isso?

— O guardião do Deus Fogo, Kyron, ficou impressionado com o poder das lâminas sagradas e julgou que os humanos não seriam bons com tanto poder em mãos. Assim, ele tentou tomar a espada de seu pai como sua, mas ela o rejeitou, pois ele não era um humano. O resultado foi catastrófico para a humanidade. Kyron passou a odiar os deuses e os homens, por invejá-los. Agora, tudo o que ele quer é destruir o que o seu pai criou.

— Ele é um baita de um filhinho mimado, não é? — perguntei, sem conseguir levar a sério todo aquele papo. — Queria ver ele na minha pele, aí ele não ia invejar os humanos em nada...

— Completamente... — respondeu Aoi, que esboçou um rápido sorriso e logo reassumiu sua expressão séria. — Mas ele é muito poderoso e é também o responsável por grande parte do mal no mundo. Ele sempre esteve ao lado dos grandes líderes, apenas sussurrando em seus ouvidos como as coisas deveriam ser.

— E por que vocês não o impediram? — perguntei. Para mim era óbvio que se apenas um guardião tinha se rebelado, os outros três teriam poder suficiente para impedi-lo. — Esse tal de Kyron não seria páreo para vocês.

— Isso seria verdade, mas... — Ela tomou fôlego antes de continuar. — Nós não podemos destruir um ao outro.

— Explique melhor.

— Nossas vidas estão ligadas às lâminas que os deuses deixaram. E assim como Kyron não pôde tocar a espada de seu pai, nós não podemos encostar um no outro. A única maneira de um de nós morrer é se a espada a qual protegemos for quebrada. E, como somente um humano pode manusear a espada, somente vocês conseguem quebrá-la.

— É por isso que vocês são imortais! — exclamei. — Até parece que um humano conseguiria quebrar uma espada lendária.

Esperei por qualquer sinal de confirmação de Aoi, mas ela apenas me encarou com olhos preocupados. Eu já conhecia aquela expressão e sabia que ela estava prestes a me revelar algo bem ruim. E foi exatamente o que aconteceu:

— Na verdade, acredito que sou a única guardiã viva, fora o próprio Kyron.

Confesso que fiquei boquiaberto ao ouvir aquilo.

— Como foi que ele matou os outros dois?! — indaguei, espantado. — Você disse que não podiam matar um ao outro!

— Usando sua especialidade: manipulando um humano para fazer as suas vontades.

— Então... em vez de orientar, como você faz comigo, ele manipula os humanos para usá-los em sua vingança contra os Quatro e a própria humanidade?

Aoi assentiu.

Sem que eu percebesse, meus punhos se cerraram e comecei a ranger os dentes. Eu não podia aceitar que fôssemos só peões no jogo entre os deuses e seus filhos. Não podia aceitar que um mimadinho qualquer acabasse com a vida de Aoi. Ela podia ser bastante chata, mas já tinha me ajudado muito.

Acho que Aoi percebeu minha raiva e decidiu intervir:

— Eu te contei tudo isso porque tenho sentido a presença de Kyron em diversos momentos... E, para me matar, ele vai ter que te matar também. Então, é bom que você esteja preparado e com todo o poder que conseguir para quando o momento chegar.

— Diga o que devo fazer para ir para a tal batalha espiritual, preciso logo ter todo o poder da minha espada à disposição.

— Isso é fácil... me dê sua espada e feche os olhos.

Obedeci. Em seguida, senti a lâmina da minha própria espada perfurar e atravessar o meu peito.

CAPÍTULO 10

Batalha espiritual

De repente, tudo ficou escuro. A dor do golpe de espada de Aoi foi intensa. Eu sabia que a dor tinha sido real, mas passou quase instantaneamente. Aliás, eu não senti mais nada. O aroma das flores, a brisa que soprava suave, o barulho da água corrente no riacho... Não havia mais nenhum sinal de natureza.

Será que estou morto?

A morte foi a melhor explicação que pude encontrar para o que estava acontecendo, mas, se eu estava mesmo morto, como era possível haver tantas questões rodeando a minha mente?

Nada fazia sentido. O desespero começou a tomar conta de mim. Sabia que precisava reagir, abrir os olhos, e enfrentar o que quer que estivesse acontecendo, mas, não tive coragem para tomar uma atitude. Meus olhos estavam pesados, não conseguia abri-los por medo de me ver ao lado de demônios ou cadáveres, por medo de estar realmente morto. Eu estava ficando louco e ia começar a surtar, mas ouvi uma voz chamar o meu nome.

— Kay! — Aoi soou impaciente como sempre. — Abra os olhos!

Obedeci, e a primeira coisa que vi foi a garota-espírito em pé à minha frente. Eu estava ajoelhado no chão e, para a minha surpresa, não havia nenhum machucado no meu peito. Era como se eu não tivesse sido perfurado por uma lâmina instante antes.

— O que tá acontecendo? — Estava confuso, então lembrei que tinha sido Aoi que tinha me atacado com a espada e me irritei com aquilo. — Por que você me matou, Aoi?! — Levantei para tirar satisfações com ela. — Você vai ver só, sua...

— Fique quieto! — ordenou ela, e imediatamente congelei. A expressão em seu rosto era implacável. — Você não morreu. Como eu te disse, nós, os guardiões, não podemos usar as lâminas sagradas para ferir alguém. Apenas usei a espada para separar temporariamente seu espírito do seu corpo. — Ela suspirou, decepcionada, e acrescentou: — Você nunca ouve minhas explicações, não é?

— Então... não morri?

— Não — respondeu Aoi. — Eu te disse que você teria uma batalha espiritual e, para isso, você precisava estar na forma de um espírito.

— Entendi. — E relaxei. Era bom saber que estava vivo, mas ainda havia outras questões que eu não compreendia. — Por que eu tenho que ter essa batalha mesmo?

— Porque você só vai despertar os poderes da sua espada se conseguir vencer o seu antecessor. Depois que você ganhar do último portador, você tomará dele todas as suas habilidades. Vencendo este duelo, você vai se mostrar digno de portar uma lâmina sagrada.

— Certo — respondi, pensativo. Aquela batalha seria determinante para todo o meu futuro. Eu precisava lutar com uma quimera para salvar a minha mãe e sabia que seria muito mais fácil de vencer uma besta com uma técnica especial. Melhor dizendo, aquele duelo não determinaria só o meu futuro como portador da espada do Deus Ar, mas também o futuro da minha família. Eu precisava estar focado. — E eu já vou lutar?

Aoi assentiu. Então, com tudo mais claro na minha mente, aproveitei e dei uma boa olhada ao redor. O lugar era muito parecido ao que Aoi e eu estávamos antes do meu espírito se separar do meu corpo, mas não lembrava um paraíso. Pelo contrário, tudo ali era muito assustador. Não havia luz do sol e também não havia breu. Na verdade, não havia cores ali. Tudo estava tingido em tons de azul, e não havia vento e nem cheiro de flores. De alguma forma entendi que o tempo não passava naquele mundo e, por isso, tudo permanecia imutável.

À minha frente, Aoi pareceu ler os meus pensamentos.

— Para os espíritos, as sensações não fazem diferença — explicou. — Aqui as coisas nunca mudam. Tudo é sempre igual. Não há frio ou calor e nem noite ou dia. Essas coisas pertencem apenas ao mundo dos vivos.

— E é aqui onde eu vou lutar com o antigo dono da espada?

— Exatamente — confirmou ela. — Você está pronto?

— Estou — respondi, confiante. Olhei ao redor à procura do meu adversário, mas não vi nada. — E contra quem vou lutar?

— Engraçado você perguntar... — disse uma voz desconhecida, vinda de trás de mim. — Eu não esperava enfrentar um garotinho.

— O quê?! — Virei-me, pronto para tirar satisfações, mas não enxerguei ninguém. — Quem disse isso?! Apareça!

— É sério que vou ter que lutar com esse moleque, Aoi? — perguntou a voz, soando decepcionada. — Você escolheu um garoto que não consegue nem sentir a presença de um espírito como novo portador da espada sagrada do Deus Ar?

— Ele está aprendendo, Hiruka — respondeu Aoi, com firmeza. Em seguida, ela se virou para mim e ordenou: — Kay, pegue a sua espada.

Olhei ao redor e encontrei minha espada jogada no chão a apenas alguns metros de mim. Fui andando até ela e, logo que toquei no cabo da arma, senti meu braço puxar para a direita.

Olhei na direção indicada pela lâmina e então vi um velho careca e musculoso me encarando, parado a uns seis metros à frente de onde eu estava. O idoso tinha uma barba grisalha extremamente longa e lisa, que ia desde o queixo até a cintura, e trajava um quimono branco, que estava em perfeito estado. Na mão direita, ele segurava uma espada idêntica à minha e parecia me encarar com uma estranha curiosidade.

— Então é com esse velhote que eu vou lutar, Aoi? — perguntei, com desprezo. — Não é do meu feitio bater em idosos...

— Se eu fosse você, não me preocuparia com isso — disse ele, com um sorriso nos lábios. — Você não vai nem conseguir encostar em mim.

— Parem os dois — repreendeu Aoi, com impaciência.

Sua agressividade foi tanta que tanto eu quanto o velho imediatamente paramos e viramos para ela, assustados. Então lembrei que como aquele velho era o antigo portador da espada sagrada Aoi também o tinha treinado, e era por isso que ele devia respeitá-la tanto.

— Hiruka, você sabe como esse desafio funciona — disse ela, enfim. — A sua espada e a do Kay são a mesma, mas são de eras diferentes. Você já manifestou, enquanto vivo, o poder da sua lâmina, então pode controlá-lo. Mas, se o Kay tocar na sua espada, todos os poderes dela serão transferidos para a dele. Exatamente como foi com você, quando conseguiu os poderes.

— Certo — assentiu Hiruka.

— Então eu só tenho que tocar na espada do velhote pra conseguir os tais poderes especiais? — perguntei, imaginando que aquilo seria extremamente fácil. — Fiquei com medo dessa batalha espiritual, mas acho que me preocupei à toa.

Aoi me olhou com uma expressão estranha, que eu sabia que significava que eu estava encrencado. Entendi que seria melhor não relaxar e tomei posição de combate: flexionei levemente os joelhos e ergui a espada à frente do meu corpo. Exatamente como eu tinha aprendido com Huriama nos anos em que treinamos esgrima juntos.

A garota-espírito foi caminhando exatamente até o centro da linha que me ligava a Hiruka. Ela ergueu as mãos para o alto:

— Que a batalha espiritual pelos poderes do Deus Ar entre o antigo portador da lâmina, Hiruka, e o novo, Kay, comece!

Com o combate autorizado, eu e Hiruka nos encaramos por algum tempo, como se esperássemos para ver quem iria atacar primeiro. Depois de alguns segundos, perdi a paciência e, sem pensar duas vezes, preparei a minha espada para o ataque e parti correndo em direção ao velhote, que não se deu o trabalho nem de mexer as pernas para tentar um desvio ou contra-ataque. A única coisa que ele fez foi erguer um pouco mais sua espada à frente do corpo, em movimentos MUITO lentos. A apenas um metro de distância, Hiruka estava bem na mira e tive certeza de que não haveria tempo útil para uma reação dele. Comemorei a vitória mentalmente, mas fui surpreendido pelo verdadeiro poder de uma lâmina sagrada.

Tudo aconteceu muito rápido, em uma fração de segundo. Não sei explicar o que houve. Só sei que vi Hiruka balançar sutilmente sua espada no ar e, instantes depois, uma rajada de vento surgiu do nada e me atingiu com muita força. Para não ser arrastado, firmei os pés no chão e ergui os braços à frente do rosto, impedindo que algo entrasse nos meus olhos. Mesmo com todo o esforço, não consegui manter a postura por muito tempo. O vento ficou ainda mais forte e fez meu corpo literalmente voar para trás. Girei pelo ar, em uma cena que deve ter parecido cômica, até minhas costas colidirem contra o tronco de uma árvore próxima. Minha espada voou da minha mão com o choque, e então o vento cessou de repente.

Meio tonto, levantei e agradeci por estar numa forma espiritual. Mesmo em melhor estado que no dia anterior, tenho certeza de que as feridas do meu corpo físico voltariam a abrir com uma pancada daquelas — e ia doer muito. Enquanto me recuperava do golpe, meus olhos se encontraram com os de Aoi e notei que ela parecia preocupada, talvez até um pouco decepcionada também, e aquilo me encheu de raiva. E aquela raiva só aumentou quando finalmente voltei a encarar Hiruka e percebi que, ao contrário de Aoi, ele estava sorrindo, bastante satisfeito, parecendo orgulhoso do próprio golpe. O sorriso de Hiruka provocou ódio em mim.

— Não sei o que aconteceu, mas você só teve sorte!

Eu me esforçava para não deixar a dor da pancada transparecer na voz. Não podia aceitar ser humilhado daquela maneira. Caminhei até a espada e tomei-a novamente, rangendo os dentes e mirando todo o meu ódio no meu alvo, como se só aquilo fosse capaz de feri-lo. Então, parti para um novo ataque.

Mais uma vez, tive certeza de que o velho não conseguiria desviar, pois coloquei toda a minha agilidade no golpe, mas aconteceu exatamente como antes. Em um mero balançar da espada de Hiruka, outra corrente de ar surgiu e me jogou para trás. A única diferença foi que eu já contava com aquela possibilidade, me preparei melhor e não me machuquei tanto ao cair. Consegui até manter a espada comigo. Levantei, convencido de que eu tinha mostrado àquele velho que não seria fácil me derrotar.

Então, notei o papel ridículo que estava fazendo: eu estava me gabando pela minha "boa" queda e por dificultar a vitória de Hiruka. Aquilo era a pior coisa que eu poderia ter feito. Por um segundo, quase me entreguei à raiva novamente e já estava pronto para partir em direção ao velho de uma maneira tão desgovernada quanto a anterior, mas pensei melhor antes de agir. Aoi sempre dizia que não podemos vencer usando os músculos quando estamos frente a frente com alguém mais forte que nós, que devemos buscar alguma maneira de usar a cabeça, e foi nisso que eu foquei. Eu precisava descobrir alguma fraqueza.

Nas duas vezes em que ataquei, percebi que Hiruka não era realmente muito rápido, como era de se esperar de alguém de sua idade. Seu grande segredo estava na maneira em como ele liberava o seu golpe especial. Bastava ele mexer a sua espada por alguns milímetros e uma corrente de ar insana simplesmente surgia. Literalmente surgia, porque não havia vento no mundo espiritual. Era Hiruka quem estava mesmo invocando a corrente. Olhando ao redor, notei que a corrente era direcionada apenas para mim, pois não havia na grama ou nas árvores qualquer indício de destruição. De alguma maneira, Hiruka conseguia controlar o ar (o que faz sentido, afinal, ele era o portador da espada do Deus Ar) e também podia focar todo o seu golpe em apenas um único alvo, sem causar danos ao que havia em volta, definitivamente uma habilidade incrível.

Hiruka continuou me encarando, mas não demonstrou interesse em vir me atacar. Assim, aproveitei bem o tempo em que ficamos trocando olhares para bolar alguma teoria maluca sobre o seu golpe especial e intuí que talvez Hiruka não pudesse controlar o vento como bem entendesse. Aoi dizia que todo golpe abria uma brecha, e foi por essa brecha que busquei. Talvez Hiruka tivesse um limite para controlar o ar e por isso ele não arriscava me atacar no corpo a corpo. Talvez ele precisasse de algum tempo para recarregar suas energias e preparar um novo ataque. Por um instante, sorri. Na minha cabeça, tudo fazia muito sentido. Eu precisava testar aquela teoria.

Segurei firme o cabo da espada, usando as duas mãos, e parti para mais uma investida. Enquanto me aproximava, o velho mantinha os olhos fixos em mim, como se eu fosse uma mosca que o importunava havia horas e ele estivesse apenas esperando o momento certo de acabar comigo. Eu, por outro lado, não estava nem aí para Hiruka. Tudo o que eu precisava era me concentrar nas mãos dele, pois, quando ele balançasse a espada, a rajada de vento surgiria e me arrastaria para longe. Na verdade, eu sabia que não tinha chance contra aquele poder, mas aquilo não era o mais importante. O que importava naquele duelo era tocar a espada do velho. E eu ia conseguir.

Sem tirar os olhos das mãos de Hiruka, ergui ainda mais a minha espada e preparei mais um ataque, igualzinho aos dois anteriores. Minha intenção era que o velho me subestimasse e ficasse aguardando o mesmo golpe. Disso posso me gabar, porque foi exatamente o que ele fez.

Quando estávamos próximos, notei que Hiruka estava prestes a mover sua lâmina, invocando assim a poderosa rajada de vento, mas, daquela vez, agi diferente. Arremessei a espada em direção ao velho como se fosse uma lança e, para sair da linha do ataque, dei uma cambalhota em diagonal, aterrissando ao lado do meu oponente. Pude ver nos olhos dele a surpresa que meus movimentos causaram. Tudo saiu exatamente como eu tinha planejado. O ancião não tinha tempo de desviar da minha lâmina e, não adiantaria invocar o vento, pois a lâmina seguia paralela ao chão com a ponta virada para ele e, naquela posição, cortaria qualquer vento, por mais intenso que fosse. Para se defender, meu antecessor foi obrigado a usar a própria espada para rebater a minha.

E naquele momento consegui acertá-lo.

Eu havia acabado de girar, sem tempo para levantar, então tive que dar um golpe rasteiro. Com a perna direita, dei dois chutes fortes na altura do joelho de Hiruka, que não resistiu e acabou tombando, deixando sua espada escapar das mãos e caindo de bunda no chão.

Enquanto o velho rastejava até sua espada para tentar pegá-la, eu levantei e corri até a lâmina. Sendo bem mais novo, e estando de pé, óbvio que levei a melhor naquela corrida. Peguei a espada do chão e a ergui, esboçando um sorriso bem convencido e desafiador.

— Você não devia ter me subestimado...

Para a minha surpresa, Hiruka se levantou e também sorriu.

— Acho que você tem razão — comentou, satisfeito. — Você foi tão burro em me atacar duas vezes do mesmo jeito que pensei que tentaria uma terceira vez... Felizmente, eu estava errado.

— É isso! — Aoi veio em nossa direção com um sorriso nos lábios. — Parabéns, Kay. Você acabou de derrotar o meu melhor discípulo e agora poderá manifestar o verdadeiro poder da sua lâmina.

— Ei! — exclamei, nada feliz. — Eu sou o seu melhor discípulo!

Aoi apenas riu, mas Hiruka intercedeu por mim.

— Talvez você venha a ser. Use o poder dessa espada com sabedoria e apenas para o bem.

Foi a minha vez de sorrir de novo e assentir.

— Pode deixar, velhote. Ei, como você faz para invocar uma rajada de vento tão poderosa? Este é o seu golpe especial?

— Ora, claro que não! — respondeu o velho, convencido. — Você não teria chance contra o meu verdadeiro especial, garoto. Tudo o que fiz foi usar a espada do Deus Ar para invocar o próprio vento para atacar, é uma técnica bem simples, basta você sentir o vento e se concentrar no que quer que ele faça. Agora que você tem essa espada, o vento é como se fosse seu súdito. Desde que você esteja concentrado, tudo o que você pedir, ele fará. Eu aproveitei esse golpe porque não preciso me mexer muito para executá-lo, estou velho e sabia que se abusasse dos movimentos, você acabaria notando a minha lentidão e encontraria uma brecha... Mas, bem, você encontrou a minha fraqueza do mesmo jeito. Parabéns!

— Uau! — exclamei, empolgado em pensar nos golpes que eu poderia criar usando o vento. Então lembrei do combate da ausência de uma brisa sequer. Continuei sem entender como Hiruka poderia ter simplesmente "sentido" o vento. — Ei, velhote, eu não senti vento nenhum desde que cheguei a este mundo... Como foi que você pôde senti-lo e eu não?

Para a minha surpresa, o velho sorriu e simplesmente respondeu:

— Sempre há vento e, agora, manifestando o seu poder, você poderá senti-lo.

Aquela resposta não me convenceu. Eu precisava fazer mais perguntas, queria tentar criar uma rajada de ar ali mesmo, mas, de repente, Aoi se intrometeu na minha conversa com Hiruka parecendo bem assustada.

— Bem, Kay... Temos que ir — O desespero estava claro em sua voz. — Sinto que algo ruim está para acontecer no mundo dos vivos. Alguém está correndo perigo e chamando por você.

Fiquei pasmo ao ouvir aquilo, imediatamente pensei na minha mãe. Será que ela...

— Como faço para voltar? — perguntei, ansioso.

— Acho que você sabe...

Eu sabia, então cravei a lâmina de Hiruka no meu próprio peito.

DASH!!!

CAPÍTULO 11

Kay vs quimeras

— Kay! — Ouvi o meu nome ser chamado.

Meio desnorteado, abri os meus olhos e imediatamente senti o vento tocar a minha pele. Aquela brisa indicava que eu não estava mais no mundo dos espíritos. Aquele já era o meu mundo, e eu estava na beira do mesmo riacho onde tinha encontrado Aoi horas antes. Se não fosse pela voz misteriosa me chamando, eu ficaria aliviado em estar de volta, por poder ver cores e também inalar o cheiro das flores ao redor. Reparei que Aoi estava ao meu lado, também bastante agitada, e parecia tão preocupada como eu.

— Você ouviu isso? — perguntou ela, hesitante.

— Ouvi... — Fui levantando, olhando ao redor à procura de qualquer sinal de quem estivesse me chamando, mas não encontrei nada. — No começo, achei que era você que estava...

— KAAAY! — O grito ecoou de novo pela floresta e daquela vez pude identificar a voz de uma mulher que, certamente, estava correndo muito perigo. — SOCORRO!

Não consegui reconhecer quem era. O grito soou abafado, como se a dona da voz estivesse chorando. Peguei a minha espada e segui correndo na direção de onde achei que tinha vindo o som. Torci para que mais um grito ecoasse e eu pudesse me localizar melhor. Meu pedido não demorou a ser concedido.

— SOCORRO! — Tive a impressão de que a voz soava ainda mais desesperada do que antes. Aproveitei para continuar seguindo o som.

Não precisei correr por mais que cinco minutos para me deparar com uma cena que não era nada agradável: Satiko estava no alto de uma árvore e cercada não por uma, mas por duas quimeras, que investiam contra o tronco da árvore tentando derrubá-la.

— Que droga! — Foi tudo o que consegui dizer.

Satiko encontrou uma região campestre no meio daquela floresta tão densa, com grama rala e pouca vegetação. Eu sabia que só teria chance de vencer as quimeras atacando de surpresa, então me preparei para recuar alguns passos e buscar algum esconderijo. Mas, do alto, Satiko conseguiu me enxergar e imediatamente um sorriso surgiu em seu rosto preocupado, como se ela tivesse visto um herói. E pareceu tão feliz que, mesmo a apenas alguns metros de mim, ela teve que gritar meu nome de novo.

— KAY, VOCÊ VEIO!

Em seguida, as duas quimeras se viraram para mim.

— Infelizmente — respondi, assustado. Encarei as feras que começaram a se deslocar na minha direção. — Calma, gatinhos... — Recuei alguns passos. Meu corpo estremeceu com a lembrança da primeira vez em que havia lutado com uma besta daquelas, no dia em que conheci Aoi e quase morri.

As duas quimeras eram tão grandes quando à que eu havia enfrentado e, se eu tinha me apavorado com uma cabeça de leão e outra de cabra, agora eu tinha que enfrentar duas cabeças de cada tipo. Reparei naquelas garras, que mais se pareciam com espadas, prontas para atacar a qualquer momento. Um golpe de uma das quimeras e minha cabeça seria imediatamente decepada. Vasculhando meu entorno, procurei uma rota de fuga ou um esconderijo, mas nada além de grama e alguns galhos secos caídos me separava das bestas, estávamos quase frente a frente. Minhas pernas tremiam e eu mal podia erguer a minha espada. Na verdade, se Satiko não estivesse em risco, eu confesso que provavelmente teria saído correndo dali. Então, Aoi me lembrou do que estava em jogo naquele encontro imprevisto.

— O que você tá fazendo, Kay?! — perguntou Aoi, ao me ver recuando. — Você precisa ir lá e enfrentar a quimera pra pegar o sangue dela e assim conseguir o dinheiro que precisa pra salvar sua mãe! E o mais importante: se você não agir, as quimeras vão te matar e, depois de você, a Satiko também vai morrer!

Aquele foi o choque de realidade de que eu precisava. Satiko estava chamando meu nome. Ela claramente confiava em mim e eu não podia decepcioná-la. Mesmo sem me conhecer direito, ela se ofereceu para cuidar da minha mãe quando eu precisei de ajuda. Em pouco tempo, sem que eu percebesse, Satiko já era alguém importante para mim. Agora que ela precisava de mim, eu não ia falhar com ela.

As quimeras me encaravam com cautela, como se respeitassem a lâmina que eu erguia à frente do meu corpo, mas continuaram se aproximando de mim. Ignorando o medo, firmei as pernas no chão e me preparei para atacar. Lembrei de Hiruka e da sua intensa rajada de vento invocada com o mais leve movimento. Seguindo essa lógica, um movimento mais bruto deveria invocar uma rajada ainda mais poderosa. Então, abri um sorriso malicioso, satisfeito com a minha grande ideia, e sacudi a espada no ar. As quimeras chegaram até a recuar, como se pressentissem algo, mas a precaução não valeu de nada. Porque nada aconteceu.

Fiquei sacudindo a espada no ar como um idiota. Acho que se quimeras rissem, elas estariam rindo até agora. As feras se entreolharam por alguns segundos e se voltaram para mim, como se buscassem explicação para aquela cena. Para piorar a situação, depois do meu fiasco, as bestas perderam todo o pudor e simplesmente partiram aos saltos para cima de mim. Tive vontade de sair correndo, mas Aoi interveio com seu jeito mandão de sempre.

— Kay, esvazie a sua mente e chame pelo vento!

É muito fácil pra você falar, sua chata.

Aparentemente, eu não tinha escolha. Foi difícil esvaziar a mente enquanto duas quimeras corriam para literalmente me devorar, mas, fechei os olhos e me concentrei, limpando os pensamentos da cabeça. Senti o vento bater suave na minha pele. Mesmo diante da morte eminente, de repente me senti bem. Era como se o vento estivesse me acolhendo. Pela primeira vez, eu me senti realmente o escolhido do Deus Ar. Entendi que todo o ar ao meu redor estava ali aguardando o meu chamado, apenas esperando para me servir.

E eu soube que ia conseguir.

Senti uma corrente de ar envolver a minha espada, desde o cabo até a ponta da lâmina. Abri os olhos e desenhei um corte no ar, não com a leveza de Hiruka, mas em um movimento vigoroso mesmo. Então, uma rajada de vento muitas vezes mais poderosa que a do meu antecessor partiu da minha lâmina até as quimeras. O golpe foi tão intenso que, por onde passou, deixou grandes rachaduras no chão. As quimeras pararam, mas não tiveram tempo de recuar. Tarde demais. Os efeitos do ataque foram tão brutais que a primeira quimera acabou decepada e a segunda foi dividida ao meio.

Olhei para o corpo das bestas, incrédulo. O que eu tinha feito era simplesmente inacreditável. Não tinha me custado energia nenhuma, toda a energia empregada vinha do ambiente ao meu redor. Eu mal podia acreditar que havia desferido um golpe tão poderoso como aquele. Com tanto poder, eu não teria problemas para vencer o Torneio de Classes, que Aoi tanto insistia para eu participar.

— Fui eu que fiz isso? — Estava espantado com toda a destruição no local: as rachaduras no chão chegavam a um palmo de largura no vão e, claro, acabei derrubando algumas árvores próximas sem querer.

— Sim — respondeu Aoi, orgulhosa. — Acho que você conseguiu sentir a energia do Deus Ar, finalmente.

— É... acho que sim...

— Kay! — Satiko ia descendo da árvore, e depois veio correndo em minha direção. — O que foi que você fez?

— Eu acho que só aprendi a usar o poder da espada... — respondi, aliviado por ver que a garota estava bem. A Floresta das Quimeras era um lugar perigoso e ela não devia estar ali. — Mas o que foi que você veio fazer aqui, Satiko?

— Ontem, quando estávamos conversando, ouvi vocês falando sobre o treinamento de hoje e quis vir ajudar... — explicou, com o rosto já enrubescido. — Só que eu acabei tendo problemas em casa e não pude chegar a tempo de encontrar vocês. Então decidi tentar alcançar vocês aqui...

Eu estava a ponto de advertir Satiko sobre sua burrice em agir daquele jeito. Todo mundo em Tormenta conhecia histórias sobre aquela floresta, poucas pessoas entravam naquelas matas, era muito arriscado. Só deixei de brigar com ela porque notei que havia um hematoma ao redor do seu olho direito. Já ia perguntar a respeito, mas a menina estava tão empolgada que não me deixou falar.

— Mas o seu golpe foi incrível! — Aquele encantamento todo não combinava com a garota que instantes antes gritava feito uma doida por medo das quimeras. — Eu nunca vi nada parecido com isso!

Sorri com o elogio, mas logo voltei minha atenção para o machucado no rosto de Satiko. Ia tentar perguntar sobre o ferimento de novo, quando fui cortado por uma voz desconhecida.

— É realmente incrível...

Virei-me, surpreso. A minha lâmina cintilava, e senti uma nova presença no local. Pensei que ninguém mais ousasse entrar na Floresta das Quimeras além de mim e meus amigos, mas alguém tinha tido coragem; alguém que eu conhecia.

— Parabéns, Kay... — continuou o homem de sobretudo preto que escondia o rosto nas sombras de um capuz. Imediatamente, soube que era o mesmo que tinha me contratado para enfrentar as quimeras. — Você caiu na minha armadilha, como eu esperava.

No meio das sombras que encobriam a feição desconhecida identifiquei um sorriso. O homem sacou sua espada, que mais lembrava uma foice com a lâmina vermelha.

Eu estava numa emboscada. E tinha levado Satiko comigo.

CAPÍTULO 12

O sujeito estranho ataca

— Do que você tá falando?! — Cerrei os punhos enquanto encarava o homem. — Que armadilha é essa? — Meu sangue estava fervendo. Eu já tinha entendido toda a situação, mas precisava de uma confirmação da boca do próprio sujeito. — Você queria o sangue de uma maldita quimera, não é?! Eu matei duas pra você! Agora me paga de uma vez para acabarmos logo com isso.

— Por que você está tão nervoso, Kay? — perguntou o homem, excessivamente calmo. — O meu plano era que essas quimeras cuidassem de você por mim. Eu não queria sujar as minhas mãos com o sangue de um mero servo, mas acho que não vai ter jeito... — Ele mudou o tom, parecendo levemente decepcionado por ter que lutar comigo. O homem deu alguns passos em minha direção. Mesmo ainda distante, sua fisionomia ficou um pouco mais visível. Ele não era muito mais alto do que eu. Não era magrelo, muito pelo contrário. Seu tronco era largo, o que o fazia parecer bem mais forte que eu.

Àquela altura eu estava tão vidrado, com tanta raiva, que mal conseguia raciocinar. Não ouvi nada do que o homem dizia. O sujeito só voltou a ter a minha atenção quando apontou a foice vermelha para Satiko.

— Eu só não esperava ter que eliminar uma garota junto com você, mas acho que não vou ter escolha. — O prazer em sua voz contrariava suas palavras.

— Fique longe dela! — Naquele momento, extravasei toda a minha raiva e me coloquei na frente de Satiko — Fique atrás de mim, vou proteger você... — sussurrei e percebi seu rosto corar. Ela apenas assentiu, então me virei para o homem. — Vou acabar com você! — E ergui a minha espada, pronto para repetir o golpe que havia destroçado as duas quimeras.

— Kay... — Ouvi Aoi chamar, mas a ignorei e segui com o meu golpe.

Fechei os olhos e concentrei todas as minhas energias, focando em sentir todo o ar ao redor, exatamente como eu tinha feito antes. Senti o vento tocar a minha pele suavemente e senti que poderia desferir o golpe a qualquer instante, mas preferi mediar mais a intensidade do ataque. No golpe anterior, tudo ao redor foi destruído, eu poderia ter atingido Satiko acidentalmente e seria o fim para ela. Além do mais, eu estava enfrentando apenas um humano folgado, e não duas quimeras. O meu golpe mais fraco seria suficiente para derrotá-lo. Então, respirei fundo e ataquei.

Cortei o ar em um movimento muito menos brusco que o do golpe anterior e, como eu esperava, uma rajada de vento bem menos intensa surgiu. Ao contrário da primeira, a nova rajada não chegou a dividir o solo, mas também deixou suas marcas na grama enquanto percorria o trajeto até o homem encapuzado.

Fiquei feliz em ver que consegui dosar o meu ataque. Era apenas o meu segundo golpe, e eu tinha me saído bem. Fiquei admirando os efeitos, os leves danos causados na grama e no solo, e esperei para ver a reação do sujeito. Tive certeza de que ele engoliria tudo o que havia falado sobre mim.

Aquela era a minha expectativa.

Para variar, nada foi como eu esperava.

Aconteceu muito rápido. O encapuzado metido apenas apontou sua foice de lâmina vermelha na direção do meu golpe e, de repente, todo o meu ataque foi consumido por chamas — e digo isso literalmente. Toda a extensão da minha rajada de ar começou a pegar fogo. As labaredas se espalharam tão rapidamente que não tive tempo de contra-atacar. Se eu demorasse um segundo a mais, Satiko e eu teríamos virado churrasco. Felizmente, consegui agir a tempo. Larguei a espada no chão, antes que ela começasse a pegar fogo, e saltei para o lado, puxando Satiko comigo, saindo da linha do ataque. Por pouco conseguimos escapar.

Eu ofegava enquanto assistia à minha espada ser brevemente tomada por chamas e permanecer intacta. Aquela era uma das vantagens de se ter uma lâmina sagrada e não um pedaço de ferro qualquer, a espada não seria facilmente vencida. Satiko estava muito assustada e eu não sabia o que fazer. Aoi era a minha melhor opção para encontrar uma estratégia.

— Kay! — chamou ela, com preocupação na voz. — Reconheci a foice no instante em que a vi. Tentei te avisar, mas você não me ouviu. Aquela é a lâmina sagrada do Deus Fogo, a lâmina cujo guardião é Kyron.

Fiquei arrepiado ao ouvir aquilo. Kyron era o guardião que detestava os deuses e os humanos. Tudo o que ele queria era destruir as lâminas sagradas. Até onde se sabia, duas já haviam sido eliminadas.

A lembrança daquela história me deu novo ânimo para levantar e pegar a minha espada. Aquele cara não só pretendia destruir a minha lâmina, apagando assim a existência de Aoi, mas também tudo o que os deuses tinham criado. Se eu não parasse aquele cara, Kyron poderia usá-lo para controlar e oprimir toda Tormenta.

— Olha só... — O homem debochava. A postura era tão displicente que ele nem parecia estar em uma luta. — Que bom que você levantou, eu já estava ficando decepcionado.

Mesmo sabendo que não ia adiantar, tive vontade de atacar o sujeito com outra rajada de vento. Eu não podia aceitar a maneira como ele falava comigo, tinha um desafio na sua voz que me era muito familiar e que me deixava muito, mas muito irritado. Foi difícil manter a calma para pensar numa estratégia, e, com muito esforço, consegui ignorar todos os comentários e focar na batalha.

— Aoi, me diz logo como derrotar esse babaca — pedi, em voz baixa, para que o sujeito não conseguisse me ouvir àquela distância.

— Como você percebeu, o fogo consome todo o oxigênio do seu golpe, então ele tem uma vantagem natural contra o elemento ar — explicou Aoi. Eu não conseguia entender todos aqueles termos difíceis, e ela sabia disso. — Você tem que atacar de perto. Aí ele não vai poder soltar as chamas, pois também será atingido pela combustão e pelo calor. Ou seja, ele vai acabar se queimando com o próprio fogo — simplificou ela, para que eu pudesse acompanhar seu raciocínio.

— Entendi.

Então eu só preciso pensar em como vou me aproximar desse sujeito.

— Satiko, é melhor você sair daqui — avisei, sem tirar os olhos do homem para ter certeza de que ele não a atacaria.

— Mas...

— Satiko. Por favor — pedi. — Não vou conseguir lutar pensando que você pode ser atingida.

Então, Satiko ficou em silêncio por alguns segundos. Depois, percebi que ela levantava e corria para o meio da mata.

Espero que ela não encontre nenhuma quimera no caminho.

No fundo, toda aquela preocupação era desnecessária. Satiko sabia se virar muito bem sozinha. Se ela estivesse longe da batalha, encontraria algum esconderijo ou outra maneira para permanecer segura até eu encontrá-la.

O homem ensaiou caminhar na direção para onde Satiko tinha ido e tive que intervir.

— Você só vai atrás dela depois que me matar. — Usei o próprio corpo para bloquear o caminho entre o sujeito e Satiko, e deixei todo o ódio transparecer no meu olhar.

Ele parou. Mesmo sem poder ver seu rosto, senti que ele me olhava dos pés à cabeça, como se estivesse me avaliando e se perguntando como um servo ousava falar com ele daquela maneira, exatamente como Hayka fazia. E mais um sorriso surgiu em meio às sombras daquele rosto desconhecido.

— Tudo bem. — O homem voltou a apontar a foice pra mim. — Fiquei curioso. Qual será o seu próximo movimento?

Não respondi. Em vez disso, encarei o homem por mais algum tempo, apenas para mentalizar melhor o meu plano. Aoi sempre dizia que a melhor chance de surpreender aparece quando o adversário tem certeza de que já é vencedor. Era aquela certeza de que eu precisava provocar. Aquele homem tinha que me ver como uma vítima fácil. Assim ele me mostraria todos os seus movimentos, apenas para se gabar e brincar comigo. Eu precisava entender a magia daquele sujeito e observar seu golpe pelo menos mais uma vez. Então, eu poderia cavar uma chance de me aproximar para ter uma luta de curto alcance, lâmina contra lâmina. E minha espada levaria melhor contra sua foice, de cabo mais longo e menos ágil.

Por isso, repeti o golpe anterior.

Concentrei toda a minha energia, senti todo o volume do ar em volta, pronto para me servir, e preparei um novo ataque, procurando dosar bem a intensidade do golpe. Como eu queria apenas uma distração, não era necessário muita intensidade. Mas o golpe também não podia ser fraco, ou o sujeito acabaria desconfiando.

— Tome isso! — gritei, vestindo o personagem enquanto cortava o ar e invocava mais uma rajada de vento.

O homem reagiu exatamente como eu queria: revidou com suas chamas. Analisei o golpe o máximo que pude. A chama se propagava rapidamente, consumindo toda a extensão do meu ataque, mas minha intuição me disse que o golpe não seria tão veloz se não estivesse "pegando carona" na minha rajada de vento. Tanto o ar quanto a grama que eram consumidos pelo fogo pareciam alimentá-lo, dando-lhe força e velocidade, como perfeitos combustíveis para a destruição. A reação natural de qualquer pessoa normal seria fugir do fogo, obviamente. Mas fiquei parado onde estava, apenas observando esperando que as chamas se aproximassem mais.

Alguns metros à minha frente, Aoi assistia à batalha e me olhava como se eu fosse um louco por ficar parado enquanto labaredas vinham em minha direção. Mesmo parecendo idiotice, segui o plano. Graças à minha persistência, notei algo muito importante. No meio da fumaça que se erguia pelo contato do fogo com a grama, reparei que aquelas chamas só se propagavam em linha reta. Então, se eu alternasse os movimentos, haveria uma chance de me aproximar do encapuzado. Sorri, orgulhoso da minha leitura do golpe do meu adversário.

Por fim, encontrei a brecha que eu queria e escapei das chamas com uma cambalhota.

Mas não saí ileso. Mesmo sem ter sido tocado diretamente pelo fogo, o calor intenso me deixou uma leve queimadura na perna esquerda, a perna de apoio da cambalhota. Quando me ergui, avistei o homem apoiado com desleixo no cabo da foice cuja lâmina estava cravada no chão.

— Belo desvio — comentou, displicente como sempre —, mas ainda me decepciona.

Era como se ele fosse o meu professor e, de alguma maneira, estivesse esperando que seu pior aluno o surpreendesse. Aquilo me encheu de ódio.

Tudo naquele sujeito me incomodava. Ele já poderia ter me matado, mas estava brincando comigo. Até quando caiu no meu truque para que eu analisasse seu golpe, ele continuou tirando sarro de mim. Eu estava sendo muito humilhado, de uma maneira que nem Hayka tinha conseguido fazer. Não podia aceitar aquilo, então segurei o cabo da espada com as duas mãos e parti para o ataque.

Sei que correr na direção de um homem capaz de soltar chamas pode parecer meio idiota, e talvez realmente seja, mas, de acordo com Aoi, minha melhor chance de vitória estava no combate corpo a corpo, e eu não tinha pensado em nenhuma maneira mais inteligente de me aproximar. Não demorou para que ele começasse a me atacar usando sua foice como lança-chamas.

Desviei do primeiro golpe saltando para a esquerda e segui avançando, erguendo mais a espada enquanto a distância do meu oponente diminuía. Não foi tão simples desviar do segundo golpe, pois, diferente do anterior, veio em em diagonal. Então, precisei saltar para sair da zona de impacto. Felizmente, percebi que eu estava certo. Apesar de ser veloz e mais destrutivo, o fogo levava algum tempo até me alcançar, oferecendo a oportunidade do desvio.

Depois do salto, ergui a espada e rebati o golpe também com um corte em diagonal. Àquela altura, o sujeito e eu estávamos a mais ou menos dois metros de distância um do outro. Imaginei que se usasse as chamas para revidar, ele acabaria se queimando com o calor. No entanto, o homem não pareceu ligar para nenhuma teoria minha e lançou suas chamas contra o meu golpe.

Então, fogo e oxigênio se concentraram bem no meio da linha que nos ligava, provocando uma explosão. Depois daquilo, não consegui mais raciocinar nem enxergar, pois uma densa fumaça começou a se espalhar por toda a floresta. Fui arremessado ao chão com muita dor. Meu braço direito se deslocou na queda, e percebi que o meu corpo estava todo queimado. Procurei por qualquer sinal do meu adversário. Sabia que ele também devia ter sido atingido pelo impacto da explosão, e decidi deixá-lo de lado por enquanto. Eu precisava encontrar uma maneira de sair dali ou acabaria morrendo asfixiado.

O problema é que eu não tinha mais forças para me mover.

De repente, tudo foi perdendo luz.

— Kay!

Ouvi Aoi chamar o meu nome, mas não consegui encontrá-la no meio de tanta fumaça.

Eu já estava me sentindo morto.

HEH

CAPÍTULO 13

Identidade revelada

Não sei como, mas, quando abri os olhos, eu estava em casa, deitado ao lado da minha mãe. Lembro-me de acordar diversas vezes, enfraquecido, e ver Satiko e Aoi agitadas ao meu redor. Quando me viam acordado, Satiko vinha com cantis cheios de água para eu tomar e também espalhava uma espécie de pomada anestésica por todo o meu corpo. Pelo menos a pomada funcionava, deixando-me sem dor e me permitindo dormir.

Não sei dizer ao certo por quantos dias fiquei moribundo, mas não deve ter sido pouco tempo, porque eu estava irreconhecível quando recobrei a consciência.

Notei que estava completamente nu, apenas um lençol velho cobria minhas partes íntimas, e a pele estava repleta de bolhas imensas provocadas pelas queimaduras que sofri na explosão e que deixaram boa parte do meu corpo em carne viva. Eu sabia que estaria urrando de dor se não fosse pela pomada anestésica de Satiko. Na verdade, eu tinha quase certeza de que estaria morto se não fosse por ela.

Com muito esforço, tentei me sentar, mas acabei batendo com as costas no chão. Satiko e Aoi, que estavam ali perto, perceberam o estalo da minha queda e se viraram, desesperadas. Sem perder tempo, as duas vieram oferecer ajuda, que recusei.

— Não se preocupem comigo. — Minha voz ainda estava tão fraca como o meu corpo. — Continuem cuidando da minha mãe, por favor.

Claramente solidarizadas por me verem tão ferido, as duas se entreolharam. Satiko abriu a boca para dizer algo, mas foi Aoi que acabou tomando a frente:

— Acho que, nesse momento, ela tá melhor do que você — disse ela, com seu tom mandão de sempre. — Você não pode se esforçar muito, caso contrário vai morrer de dor quando o efeito da pomada passar.

Olhei para minha mãe e ela realmente aparentava estar muito bem. Parecia que estava apenas cochilando e que poderia acordar a qualquer momento. Agradeci mentalmente por ela não poder me ver tão machucado; certamente, teria um ataque do coração se visse o meu estado atual. Ou se soubesse que seu filho esteve lutando com quimeras gigantes e homens que lançam fogo.

Ao me lembrar do encapuzado, senti o peito se encher de ódio. Ele não só tinha armado uma emboscada para eu virar comida de quimera, me iludindo com um pagamento que nunca tivera a intenção de honrar, como também tinha ameaçado matar Satiko. Por mim, aquele homem poderia estar morto. Era o que eu desejava.

— Satiko, foi você que me salvou, não foi? — perguntei, cerrando os punhos.

— Foi, sim... — respondeu ela, hesitante. A raiva devia estar revelada no meu semblante, pois ela e Aoi me encaravam um pouco assustadas. — Aoi me chamou e eu fui te buscar. Ela não poderia te tirar da floresta sem que ninguém percebesse.

Satiko realmente acreditava que aquele era o motivo, mas, na verdade, Aoi era estritamente proibida pelos deuses de se envolver em confrontos entre humanos. Se eu fosse depender dela naquele dia, Aoi não teria outra escolha e seria forçada a me deixar morrer.

— E ele? — Aumentei a intensidade da força nos punhos. — Você o viu?

— Sim...

— Ele morreu?

— Ele estava tão ferido como você, Kay — explicou Satiko, parecendo evitar uma resposta mais direta. — Vocês devastaram aquela parte da floresta. Um incêndio começou e, se ele tivesse ficado lá, teria morrido, com certeza.

— O que você quer dizer com "se ele tivesse ficado lá"? — indaguei, alternando o olhar entre Satiko e Aoi. — Acham que ele conseguiu fugir?

— Fala logo de uma vez o que o seu avô te contou, Satiko — pediu Aoi, sabendo que eu ia insistir até entender tudo. — Ele vai acabar descobrindo e tem o direito de saber.

Satiko assentiu e respirou fundo:

— Um dia depois da batalha, meu avô foi contratado para cuidar de um homem que tinha sido gravemente ferido em um incêndio. A família pagou bem caro pelo tratamento e nem reclamou do valor, mas o mais estranho é que exigiram que o meu vô fosse até a casa deles durante a madrugada. Pelo que sei, fizeram isso para que ninguém da vizinhança soubesse o que estava acontecendo; eles queriam evitar qualquer rumor sobre a família. O tratamento foi mais longo do que o meu vô imaginava, ele teve que voltar até a casa duas vezes por dia durante três dias. Uma pessoa comum não teria sobrevivido àqueles ferimentos, mas o rapaz se cura de uma maneira sobre-humana. Logo que eu ouvi essa história, desconfiei que o meu vô poderia estar curando justamente o nosso algoz. E, quando contei isso à Aoi, ela me confirmou a teoria. Ela tem certeza de que essa cura quase instantânea é a mesma que a sua; habilidade que apenas alguém que tem uma lâmina ancestral possui.

Fiquei boquiaberto. Um misto de sentimentos tomou conta do meu coração. Estava com raiva do sujeito por ele ter sobrevivido, curioso para saber como havia escapado e feliz porque, como Izuno o havia tratado, poderíamos descobrir onde ele morava. Depois de me recuperar, eu poderia finalmente acertar as contas com ele.

Pelo menos, era o que eu achava.

Então, fiz a pergunta cuja resposta eu me arrependeria de saber.

— Sabe o nome da família do encapuzado?

Satiko e Aoi, pela milésima vez, trocaram olhares. Por fim, Satiko assentiu.

— Sim — respondeu, seu tom era de dor. — O nome da família é Dariyu.

Congelei.

Huriama. Pelo porte físico do encapuzado, ele era a única opção possível.

O meu melhor amigo de infância, aquele que considerei um irmão, estava tentando me matar.

Satiko e Aoi permaneceram em silêncio absoluto, ambas me lançando um olhar de pena, o mesmo de pessoas presentes no enterro de um ente querido. Só que, naquele caso, eu mesmo era o parente morto. Huriama tinha decidido me matar. E eu não sabia como lidar com essa informação.

"Nós somos amigos e temos que ajudar e proteger um ao outro", foi o que Huriama havia me dito anos antes. Foi a frase que durante muito tempo me deu força. De fato, fora a minha mãe e o velho Izuno, Huriama era a única pessoa que realmente parecia se importar comigo. Mesmo que eu fosse apenas um servo de sua família, ele me tratava como um igual. Nossa amizade era uma das coisas mais importantes para mim, mas havia acabado de perder todo o valor.

Cobri o rosto com as mãos e comecei a chorar. Chorei tanto a ponto de soluçar, por todos os anos em que tentei parecer forte. No final das contas, eu não tinha mais a minha mãe e o meu melhor amigo queria me matar. Eu me senti sozinho, fraco. Enfim enxerguei a minha verdadeira forma: uma criança pobre e completamente sozinha.

Meu coração doía, batendo forte dentro do peito. Tive vontade de arrancá-lo para aplacar dor. Naquele momento, parte do meu espírito estava despedaçado. Eu tinha chegado ao meu limite e acho que não teria me importado de morrer ali. A verdade é que eu não aguentava mais estar sozinho. Desejei ardentemente ser uma criança normal, chegar em casa e ter a segurança dos braços da minha mãe e de amigos me esperando para brincar. Eu não aguentava mais tanto peso nas costas, mas, ao mesmo tempo que queria largar tudo, eu sabia que não podia desistir porque precisava salvar a minha mãe.

Diante daquela confusão de sentimentos, quis gritar. Então, senti minha mão ser tocada. Um toque que eu não sentia há tempos, extremamente delicado, porém preocupado, capaz de me alcançar a alma.

Um toque exatamente como o da minha mãe. Tive certeza de que era ela. Ergui o olhar para encontrar o seu. Pensei que, depois de tanto tempo, minha mãe era de novo capaz de perceber a minha dor e estava voltando para mim. Achei que tinha finalmente despertado e que estava bem, mas eu estava errado.

Quando abri os olhos, não foi ela que vi.

— Vai ficar tudo bem... — disse Satiko, com um sorriso meigo nos lábios. Ela acariciava a minha mão e mantinha os olhos fixos em mim. Pela primeira vez, não corou. Seu toque era leve e reconfortante, exatamente como o da minha mãe, capaz de me alcançar a alma. Seu olhar me fez bem, havia muito tempo que não me sentia tão acolhido. Meu coração bateu forte de repente e fiquei sem palavras. — Estamos aqui com você.

Eu olhava para a garota como um bobo, com o meu rosto encharcado de lágrimas. Só consegui desviar os olhos de Satiko quando Aoi começou a falar.

— Kay, eu sei da sua história com Huriama e acredito que Kyron tem soprado maldades no ouvido do garoto. Ele planeja destruir a sua lâmina sagrada, então não me parece que foi por acaso que escolheu como marionete alguém que você ama como a um irmão. Ele quer explorar todas as suas fraquezas —

explicou ela, deixando escapar um longo suspiro antes de voltar a olhar para mim. — Me desculpe por te envolver nisso, Kay.

Acho que aquela foi a única vez que ouvi Aoi me pedir desculpas. Naquele momento, percebi o quanto estava sendo mesquinho. Satiko e Aoi estavam comigo porque queriam, por se importarem comigo. Eu não estava sozinho afinal. Tudo o que eu queria era corresponder às expectativas de ambas, levantar e lutar. Ainda assim me faltavam forças.

— Por que você escolheu a mim como portador da espada, Aoi? — Sempre quis fazer aquela pergunta, mas tinha medo da resposta. — Uma pessoa com menos problemas seria bem melhor...

— Não diga besteira — ordenou ela, voltando a ser a Aoi assustadora de sempre. — É nas dificuldades que crescemos, são os momentos difíceis que nos tornam mais fortes. E além do mais... — ela então sorriu — ..."proteger aqueles que são importantes para mim, essa é a minha motivação", lembra-se disso? — Àquela altura eu já estava perplexo, mas Aoi me surpreendeu ainda mais quando confessou: — Eu até que gosto desse lema cafona...

— É um belo lema... — confirmou Satiko, apertando de leve a minha mão, como se estivesse transferindo um pouco das próprias forças para mim.

— E, se você se importa com Huriama, precisa ficar mais forte para vencê-lo e libertá-lo da influência de Kyron.

De fato, eu me importava com Huriama. Cheguei a ficar aliviado ao saber que ele poderia estar sendo influenciado por Kyron. Mesmo tendo as minhas dúvidas, aquilo me permitia pensar que Huriama não me odiava de verdade, o que já era muito bom. Se o meu melhor amigo estava sendo usado por um espírito velho e mau, era a minha obrigação libertá-lo. Eu só não conseguia imaginar como fazer isso, como justificar uma luta já que dificilmente nos encontraríamos na floresta novamente.

— Aoi, como vou saber quando lutarei com Huriama de novo?

Ela sorriu de modo assustador e muito convencido.

— Venho te dizendo há tempos que é o seu destino participar do Torneio de Classes, que já está chegando. E você mesmo disse que Huriama sempre sonhou em participar do torneio. Kyron com certeza vai fazer com que o seu amigo se inscreva, ele não vai perder a chance de exibir o seu poder. Todos os habitantes de Tormenta assistem ao torneio, será a oportunidade perfeita para Kyron mostrar por que todos devem se curvar a ele.

— Ele não vai perder a chance de exibir o seu poder... — repeti, tentando traduzir as palavras de Aoi para a minha língua. — Então, ele quer assustar todo mundo durante o torneio, mostrando toda a sua força, para que ninguém tente ir contra ele?

— Basicamente, sim — confirmou Aoi.

— Sendo assim, vou contra-atacar da melhor maneira: vou vencê-lo e me tornar o primeiro servo a vencer uma edição desse torneio bobo. Com isso vou levar esperança a todos os outros servos. Vou representar a minha classe e mostrar que não somos lixo. E, com o dinheiro da premiação, vou salvar a minha mãe.

Aoi e Satiko sorriram juntas, orgulhosas da minha repentina mudança de humor. No fundo, era eu que estava feliz por tê-las ali comigo em um momento tão difícil.

— Depois que eu me recuperar, vamos treinar o dia todo durante todos os dias até o torneio.

— Mas como você pretende fazer isso? — perguntou Satiko, confusa. — Você vai ter que pagar multa por cada dia que faltar ao trabalho... Está tão certo assim de que vai vencer o torneio?

— Não sei se tenho forças para derrotar Huriama com o poder que tenho hoje, e não vou conseguir sem treinar. Se bem o conheço, ele vai treinar o dia todo também — respondi. — Huriama me pagou metade do que tinha me prometido como adiantamento. Vou usar este dinheiro para pagar a multa pelos dias que eu faltar, além do mais o Sr. Kaito disse que eu poderia ficar em casa até me recuperar das chicotadas — acrescentei, sorrindo.

— É um bom plano — concordou Aoi, ainda bastante orgulhosa.

CAPÍTULO 14

Dobra de ar

Demorei quase três dias para me recuperar completamente da batalha com Huriama. E, de acordo com Satiko, nenhum humano normal teria sobrevivido a tantos ferimentos. Indiretamente, acabei sendo salvo pela minha espada. É certo que eu já tinha me metido em muitas encrencas por ser um portador de uma lâmina sagrada, mas essa mesma lâmina também já tinha salvado a minha vida em diversas ocasiões.

Eu não podia mais contar com a sorte, sabia que precisava treinar muito. Caso contrário, nunca conseguiria livrar Huriama da influência de Kyron. Eu precisava me dedicar e me fortalecer, era a única alternativa. E foi pensando em Huriama e na minha mãe que, logo ao me recuperar, arrastei Aoi direto para os treinamentos. Satiko não queria ficar para trás, certificou-se de que minha mãe estava bem e nos acompanhou.

Sempre que deixávamos minha mãe sozinha em casa, eu sentia um forte aperto no peito. Por mais que aquilo me incomodasse, eu sabia que para salvá-la teria que treinar muito. Então, seguimos para a Floresta das Quimeras. Sei que sou muito idiota por voltar ao lugar em que lutei com três quimeras e quase fui morto pelo meu melhor amigo, mas eu realmente não tinha escolha. Aquela floresta era a única área não frequentada pelos habitantes de Tormenta, por isso era o único lugar para treinar os golpes de manipulação de ar sem correr o risco de machucar alguém.

Tínhamos acabado de chegar à floresta, quando Aoi se virou para mim e já começou a me xingar e a dar instruções com o seu jeito mandão de sempre.

— Você foi muito burro quando lutou com Huriama. O que você fez foi um gesto de puro desespero — acusou ela. — É como se você tivesse aceitado que não poderia vencê-lo e tivesse partido para o tudo ou nada. Não imaginou que aquela explosão poderia matar vocês dois?!

Não pensei em nada daquilo durante a luta, mas as palavras de Aoi me deixaram envergonhado. Talvez em meu subconsciente eu soubesse mesmo que não tinha chances de vencer e por isso agi sem estratégia. Se já havia sido difícil enfrentar o encapuzado antes de descobrir sua identidade, agora seria pior. Além de não ter vontade de machucar Huriama, sempre fui mais fraco do que ele. Por mais que odeie admitir, tenho um pouco de medo de enfrentá-lo.

— O que você queria que eu fizesse?! — Minha voz tremia levemente, revelando toda a minha fraqueza. — Se naquela hora eu tivesse morrido com o encapuzado, pelo menos...

— Não existe encapuzado, Kay! — gritou Aoi, interrompendo-me. — Foi o Huriama que quis te matar! Foi o Huriama que ameaçou matar a Satiko! E antes disso foi ele que te colocou numa emboscada com duas quimeras! Foi o Huriama o tempo todo! — Parou finalmente, tomando ar. — Sei que ele é seu amigo e que você talvez não consiga aceitar o que ele fez, mas é necessário que entenda a gravidade das atitudes dele de uma vez por todas. Você precisa transformar a sua fraqueza em determinação. Só assim conseguirá vencer Huriama. Só assim vai salvar sua mãe e o seu amigo — concluiu, mais calma.

Baixei a cabeça e cerrei os punhos com força. Havia muitas verdades nas palavras de Aoi. E doíam. Muito. Mas eu precisava encarar os fatos e tomar coragem para enfrentar Huriama. Só que, na nossa luta, a diferença entre os nossos poderes ficou nítida.

— Mas como vou fazer para ganhar do Huriama, Aoi? — Eu não nutria esperanças. — Parece que o fogo naturalmente leva vantagem contra o ar, não sei o que fazer!

Fiquei esperando uma resposta, mas até Aoi parecia um pouco confusa. Eu já beirava o desespero, pensando na encrenca que eu tinha me enfiado. Felizmente, a voz de Satiko de repente surgiu na conversa.

— Meu avô me disse uma vez que se acendermos uma vela e a cobrirmos com um copo, ou outro recipiente fechado, a vela só vai queimar enquanto houver oxigênio a ser consumido. — Sabia que Satiko estava tentando me dar alguma ideia, mas não entendi a informação e aparentemente ela notou isso. — Quer dizer que só pode haver chamas enquanto houver oxigênio, e o oxigênio é o gás que está mais espalhado pelo ar — simplificou.

— Certo... — Eu ainda estava um pouco confuso. — E você quer que eu tire o ar do Huriama para ele não conseguir queimar nada?

— Isso seria impossível — interferiu Aoi, seca. — Você não pode tirar o ar de alguém, pois para isso você teria que criar um vácuo e isso é impossível a céu aberto. Com um nível avançado de manipulação, você pode mover as partículas de ar como bem entender, mas outras logo surgem no lugar das que você mexeu. O ar tende a se expandir para ocupar todo o espaço ao redor.

Mais uma vez, fiquei sem entender nada.

Percebi que Satiko parecia pensativa. Ela olhava para o céu, como se fosse achar ali alguma resposta. Estava tão concentrada que nem piscava, mantendo-se imóvel com uma das mãos segurando o queixo. Nós três ficamos pensativos por quase um minuto inteiro, até que a própria Satiko teve uma ideia.

— E se o Kay fizesse o oposto do vácuo? — sugeriu ela, como se falasse algo óbvio. — Ele poderia agrupar as partículas ao redor do Huriama, assim quando o Huriama "acendesse" sua espada, a alta concentração de oxigênio ao redor geraria uma explosão; assim como aconteceu enquanto eles lutavam. Mas o Kay poderia estar afastado o suficiente para não correr nenhum risco.

— Entendi... — disse Aoi, pensativa, semicerrando os olhos. — Sugeri que o Kay se mantivesse perto ao lutar para que Huriama não pudesse usar as próprias chamas, pois, caso as usasse, também acabaria se queimando, mas gostei da sua linha de raciocínio, Satiko. — Aoi sorriu. — Vamos usar o ar para montar uma espécie de "armadilha invisível". Huriama não vai notar, mas vai estar rodeado por muito mais oxigênio do que o normal. Então, quando usar suas chamas, vai acabar explodindo! — acrescentou, muito animada.

— Isso! — concordou Satiko. — E o Kay vai poder estar longe o suficiente para não ser atingido.

Sinceramente, eu entendia pouco do que as garotas estavam dizendo. Só concluí que elas tinham um plano para eu vencer Huriama e fiquei feliz com aquilo. Por outro lado, não gostei nada de ouvir Aoi falar sobre a possibilidade do Huriama acabar explodindo. Eu estava fazendo aquilo para salvá-lo de Kyron, ganhar o torneio e, com o dinheiro da premiação, salvar a minha mãe, mas não pretendia feri-lo gravemente. Uma explosão parecia demais para mim, então resolvi interferir.

— Ei! — falei, de repente, chamando a atenção das meninas. — Não quero explodir o Huriama! — esclareci. — Aoi, você sabe que eu quero salvá-lo. E uma explosão pode acabar matando-o.

Satiko e Aoi se entreolharam, como se estivessem tentando decidir qual delas ia falar comigo. Por fim, Aoi se adiantou:

— Fique calmo, Kay. É você quem controla o ar, então, indiretamente, é você quem vai controlar a intensidade da explosão. E vamos treinar para que você tenha o controle exato disso, o suficiente para ganhar a luta em um golpe surpresa efetivo, mas insuficiente para matar ou ferir muito o seu amigo.

Fiquei aliviado ao ouvir aquilo. Uma grande onda de energia tomou conta de mim. Se eu dominasse aquele golpe de que Aoi e Satiko estavam falando, eu venceria Huriama e ganharia o torneio. Aquela seria a minha técnica especial. Então, eu precisava treinar muito. A minha vida. A vida de Huriama. E a vida da minha mãe. Tudo dependia do quanto eu conseguiria absorver daquele treinamento.

— Certo! — Respirei fundo, e tentei me manter calmo. — Então o plano de vocês é que eu "empurre" o ar até o Huriama para que ele se exploda quando resolver ativar suas chamas, é isso?

As duas assentiram.

— E como vou fazer isso? — perguntei, sem conseguir visualizar o tal golpe. — Vou usar a espada para empurrar o ar?

— Não, você não vai usar a espada para empurrar o ar — corrigiu Aoi, com um sorriso convencido nos lábios. — Você vai dobrar o ar, vai movê-lo com suas próprias mãos — explicou. — Mas, para isso, você precisa aprender a senti-lo melhor, a ponto de tocá-lo.

— Aprender a sentir o ar? — Fiquei ainda mais confuso. — Não é o que faço quando lanço a minha rajada de vento?

— Sim, é o mesmo princípio, mas são níveis diferentes de sensibilidade. Atualmente, você apenas direciona o ar com sua rajada, mas você ainda não é capaz de concentrar o ar em uma só região, por exemplo.

— Entendi... — E finalmente tinha mesmo entendido. — E como vamos fazer para que eu consiga alcançar essa tal *sensibilidade*? — Fiz questão de enfatizar aquela última palavra.

— É bem complicado... — revelou Aoi, um pouco receosa. — Antes disso vamos ver como está o controle da sua rajada de vento. Mande uma com toda a força que puder.

— Isso é fácil — falei, me gabando. — Se afaste Satiko, não quero te machucar acidentalmente. — Era só mirar na direção oposta a ela, mas quis dizer aquilo só para me gabar mesmo.

Realmente, modéstia à parte, eu estava indo muito bem com as rajadas. Quando lutei com a quimera, eu já tinha entendido que a intensidade do golpe era proporcional ao meu movimento com a espada. Quanto mais forte eu sacudisse a espada na hora de atacar, mais forte seria o golpe. Eu já tinha até um roteiro: concentrar, sentir o ar e só depois cortá-lo, apontando a lâmina para onde eu quisesse atingir.

Foi exatamente este roteiro que segui para atacar. Conforme Aoi tinha me pedido, dei o golpe mais forte que consegui. Deixei todo o corpo pesar sobre os braços e, segurando o cabo da espada com as duas mãos, balancei a lâmina no ar, cortando-o em um movimento muito brusco. Imediatamente uma onda de ar imensa, e extremamente barulhenta, surgiu a partir da ponta da espada e seguiu se propagando pela direção indicada.

Os efeitos do golpe na paisagem foram imediatos. Como a vegetação na Floresta das Quimeras era bastante densa, era bem difícil de enxergar a terra, pois ela era toda coberta por ervas daninhas. O meu golpe simplesmente dividiu o chão em dois.

À minha frente, uma valeta gigante surgiu onde antes era solo e, de tão funda, não consegui ver nada além de escuridão ao olhar para baixo. Com o meu golpe, a floresta inteira se agitou. Dentre as altas folhagens, onde antes não se ouvia som algum, agora era possível ouvir a agitação de animais cujos passos pareciam estar se afastando de mim. Algumas árvores também tinham sido atingidas e durante alguns segundos fiquei ouvindo o ecoar de troncos sendo partidos ao meio e caindo, chocando-se contra o chão, até rolar direto para a valeta gigante recém-formada.

Quem visse de fora, provavelmente ficaria impressionado com paisagens tão opostas. À minha frente havia um buraco gigante e destruição, enquanto atrás de mim, na região onde estavam Satiko e Aoi, a vegetação permanecia intocável. O golpe foi tão avassalador que nem mesmo Aoi conseguiu esconder a sua surpresa.

— Uau! — Ela estava boquiaberta.

— Dei um golpe com toda a minha força, como você pediu, Aoi — falei, satisfeito. — Acho que não vai ser tão difícil assim fazer as tais dobras de ar, não é? — Eu estava convencido de que ela concordaria. — O meu controle está...

— Não diga besteiras! — Ela me interrompeu. — O treinamento é muito diferente.

— Mas...

— Chega, Kay! — Sua expressão ficou tão feroz que eu não tive outra escolha a não ser me calar. — Agora repita o golpe, mas mantenha o controle para que atinja apenas àquela árvore ali.

Ela apontou para a maior árvore que estava na parte intacta da floresta, o tronco era bem marrom e tão grosso que seriam necessárias cerca de quatro pessoas para cobrir o seu diâmetro com os braços; as raízes eram extremamente longas e se espalhavam por cima das raízes de outras árvores próximas, assim como os galhos que eram grossos e retorcidos, parecendo bastante judiados. Mesmo sem entender muito de árvores, eu sabia que aquela devia ser uma das árvores mais antigas da floresta, certamente se destacava das demais a sua volta. A árvore não devia estar a muito mais de seis metros de nós, e para acertá-la eu teria que medir muito bem o meu ataque.

— Certo — respondi, já gostando daquele desafio. — Vai ser fácil.

Fixei o olhar no alvo, senti todo o vento ao redor à minha disposição e medi calmamente o impulso que eu devia dar com a espada, da mesma maneira que eu faria caso fosse jogar uma pedrinha. De alguma maneira, sabia que o esforço deveria ser parecido. E foi assim que liberei uma nova rajada de vento, bem menos devastadora, mas ainda impressionante pelos resultados.

Apesar de não dividir o chão em dois, como no golpe anterior, a rajada foi forte o suficiente para trincar no solo. Até mesmo a agitação na floresta foi muito menor, não ouvi o barulho de nenhum animal se mexendo — se é que todos já não tinham fugido para longe de mim. A rajada percorreu os seis metros sem destruir tudo o que havia em volta, ela pareceu mais concentrada e, para a minha felicidade e a surpresa das garotas, atingiu apenas o maior tronco, conforme Aoi havia solicitado.

— Consegui! — Comemorei, virando-me para as meninas e sentindo uma enorme satisfação ao ver especialmente a cara de Aoi, que parecia muito surpresa. — Como eu disse, foi fácil!

— Realmente, foi muito bom... — admitiu ela, enquanto olhava o tronco fixamente, sem piscar, parecendo um pouco pensativa. — É bom que você tenha tanto controle dessa rajada, assim poderá usar o golpe no torneio quando lutar com Huriama sem matar os coitados que estiverem em volta assistindo à luta.

Eu não tinha pensado naquilo. Todos assistiam ao torneio e, realmente, se eu fosse desleixado, poderia acabar com muitas vidas, mas deixei aquele pensamento de lado e voltei o foco para o treinamento que estava por vir.

— Agora me ensine a dobrar o ar! — pedi, empolgado.

— Tudo bem.

Aoi caminhou em minha direção e parou a cerca de um palmo de distância de mim. Próxima a nós, Satiko observava-nos com estranha curiosidade, parecendo um pouco incomodada, talvez. Não entendi aquela reação, mas não tive tempo de dizer nada, pois logo Aoi começou a falar.

— Kay, sei que o que vou falar agora vai parecer complicado e até impossível, mas, acredite em mim, tenho certeza de que você pode fazer. — Apenas assenti e continuei ouvindo com atenção. — Você diz que consegue sentir todo o ar ao redor à sua disposição antes de lançar uma de suas rajadas de vento, não é? — Assenti mais uma vez. — Como já deve ter percebido, na rajada você direciona o ar em uma linha reta. Na dobra de ar, dependendo do seu nível de controle, você pode até criar um minitornado — prosseguiu ela. — O princípio da rajada e da dobra é o mesmo: você deve sentir o ar, como se vocês fossem um só. Mas, em vez de simplesmente direcionar o ar usando a espada, você vai fazê-lo se mexer sob o comando das suas mãos, entendeu?

— Acho que sim... — respondi, um pouco pensativo. Então, simplifiquei a ideia do meu jeito de sempre. — Preciso estar em sintonia com o vento para que ele se mexa comigo, não é?

E, impressionadas com aquelas palavras, Aoi e Satiko se entreolharam por um instante e logo me encararam confusas.

— Exatamente! — disseram juntas. — Como você entendeu tão rápido?

— Sou inteligente, ué! — *Aquilo não era óbvio?!* — Você disse que o princípio é o mesmo da rajada, então eu só vou ter que me concentrar e fazer o ar me obedecer?

— São níveis diferentes de concentração — ressaltou Aoi. — Mas, sim, o princípio é o mesmo.

— E o que vou ter que fazer com a dobra de ar?

— Boa pergunta. — Aoi olhou ao redor, buscando um objeto qualquer para eu empurrar. Segundos depois, mirou uma grande folha de bananeira caída ao pé de uma das árvores que eu havia derrubado com a primeira rajada. Ela pegou a folha e voltou a se posicionar na minha frente, agora um pouco mais distante, segurando as extremidades da folha com as mãos. — Pronto! Faça o vento soprar e balançar essa folha.

— Só isso?

— Por hoje, só.

— Vai ser fácil.

Só que daquela vez estava completamente errado.

Passei o dia todo tentando fazer aquela bendita folha de bananeira se mexer. Eu fechava os meus olhos e me concentrava. Sentia toda a massa de ar ao redor à minha disposição, exatamente como na preparação para uma rajada. Concentrando-me um pouco mais, consegui sentir cada movimento das moléculas de ar e percebi que tudo era leve e coordenado. Senti até como se o vento de certa maneira me convidasse para dançar com ele. E soube que seria com aqueles movimentos que eu meu tornaria capaz de finalmente dobrar o ar. Mas, na hora H, eu não conseguia fazer nada.

Toda vez que eu estava prestes a tocar o ar, eu me lembrava de Huriama. Eu estava treinando aquele golpe para lutar com ele, o meu primeiro amigo. Por mais que odiasse admitir, eu não estava gostando nada da ideia de ter que enfrentá-lo.

Compreendi bem o que tinha que ser feito para dobrar o ar, sabia que quando sentisse o vento me chamando para "dançar" era a hora de dobrá-lo, só que eu simplesmente perdia a concentração e não conseguia fazer nada. E o pior é que a cada nova tentativa frustrada, eu ficava com mais medo de não conseguir salvar minha mãe e Huriama. Esses pensamentos enchiam minha cabeça e me afastavam do meu objetivo.

Um dia se transformou em dois, depois em três, e eu ainda não tinha feito aquela maldita folha se mexer nem um milímetro sequer.

A decepção e a preocupação nos semblantes de Satiko e Aoi cresciam a cada novo dia perdido. O torneio se aproximava e o tempo era o nosso maior inimigo. Elas até pensaram em mudar a estratégia, mas fui idiota e rejeitei. Sem querer me render, insisti naquela maldita técnica.

No fim das contas, perdi todo o tempo disponível e fracassei de novo.

Pensei que as coisas não podiam piorar.

Mas estava errado.

Quando cheguei em casa depois do terceiro dia frustrado de treinamento, aprendi que tudo sempre podia piorar. Havia sangue para todo o lado. E, um dia antes do Torneio de Classes, minha noite mais triste começou.

CAPÍTULO 15

Morte

Estava exausto e profundamente irritado pela minha falta de progresso em três dias inteiros de treinamento. Aoi seguia atrás de mim, completamente em silêncio, enquanto Satiko havia se despedido de nós e ido da floresta direto para a sua casa. As duas garotas tinham entendido que eu não estava a fim de conversar e respeitaram aquele meu momento, dando-me todo o espaço de que eu precisava.

De fato, tudo o que eu queria era chegar logo em casa e dormir. Porém, assim que abri a porta, encontrei a cena que me faria ter os piores pesadelos por noites seguidas. O chão estava repleto de sangue. Marcas vermelhas de mão se espalhavam por toda a parte. Aparentemente, minha casa tinha sido palco de uma luta mortal.

Sem perder tempo, olhei diretamente para o canto onde minha mãe costumava estar deitada e não a vi. Tudo o que encontrei ali foi mais uma poça de sangue, ainda maior que as demais que se espalhavam pela casa. Não consegui encontrar explicação para aquilo e também não consegui imaginar o que poderia ter acontecido com a minha mãe. Não era possível que ela tivesse simplesmente se levantado e começado a andar.

Eu teria continuado parado em pé na porta se Aoi não tivesse me chamado de volta à realidade.

— Kay, a sua mãe! — Ela gritou e apontou para o outro lado do cômodo.

Virei-me e encontrei minha mãe deitada de barriga para baixo, com o lençol que a cobria todo encharcado de sangue. Corri até onde ela estava e percebi que todo o sangue espalhado pela casa era mesmo seu e que ela provavelmente tinha tentado rastejar pela casa.

Mas por quê?

Ainda muito chocado, peguei minha mãe nos braços e deitei sua cabeça em meu colo. Não demorou para as primeiras lágrimas já começarem a escorrer pelo meu rosto. Eu ainda não entendia o que estava acontecendo, mas meu coração batia forte, em sinal de alerta.

Tudo piorou quando minha mãe abriu os olhos e falou comigo.

— Meu bebê... — Sua voz estava trêmula, claramente fraca. Apesar disso, ela ainda se esforçou e sorriu olhando para mim. — Estou tão orgulhosa de você...

Não sabia do que a minha mãe estava falando. Não entendia nada do que estava acontecendo e, sinceramente, não sabia se queria entender. Tudo o que eu conseguia fazer era olhar para a minha mãe, chorar e focar naquele sorriso. Como eu sentia falta dele. Era aquele sorriso que me fazia levantar e batalhar todos os dias.

— Eu sei que as coisas não devem estar fáceis, Kay... — continuou ela, sem esconder o orgulho que sentia por um segundo sequer. — Desculpe por não ter te dado a vida que você merece. No final das contas, você foi mais pai para mim do que eu fui mãe para você.

Eu estava tão encantado em ouvir a voz da minha mãe, que mal conseguia prestar atenção no que ela dizia. Aliás, ela poderia dizer qualquer coisa, eu só queria ficar ouvindo sua voz por horas e horas. Era incrível como cada palavra sua me fazia bem. Ainda assim, meu coração estava doendo, como se estivesse me preparando para algo horrível que estava prestes a acontecer.

Invisível aos olhos da minha mãe, Aoi se agachou ao meu lado e colocou uma de suas mãos em meu ombro.

— Fala com ela, Kay... — sussurrou suavemente. — Converse com a sua mãe.

Temendo uma possível despedida, respirei fundo e assenti.

— Mamãe, senti tanto sua falta... — Consegui falar, mesmo com o soluço e o choro. — Mas, sabe, fiz amigos! — De repente, havia alegria no meio das lágrimas. — Tem duas garotas que estão sempre comigo e sei que você vai gostar delas!

Eu não sabia por que estava dizendo aquelas coisas, apenas senti que era o que minha mãe gostaria de ouvir. Acho que eu estava certo, porque seu sorriso se abriu ainda mais enquanto me ouvia falar.

Mesmo bem enfraquecida, minha mãe se esforçou e se aconchegou nos meus braços. Ensopada de sangue, ela repousou uma das mãos no meu rosto, enquanto aninhou sua cabeça no meu peito. Era estranho ver minha mãe tão frágil, tão indefesa. Ela, que durante a minha infância fora tão forte, agora se agarrava a mim como se eu fosse a única coisa no mundo que realmente importava.

Por mais triste que fosse, a mulher que estava em meus braços pouco lembrava a da minha infância. Mas, apesar de toda a fragilidade, aquela ainda era a minha mãe e eu a amava mais do que qualquer outra coisa.

— Eu te amo muito, meu filho... — sussurrou. — Em todos os momentos em que respirei, sempre te amei. Me desculpe por não estar com você todo o tempo, mas sei que você vai resolver tudo...

Era impressionante que, mesmo estando inconsciente, parecia que de alguma maneira minha mãe sabia de tudo o que estava acontecendo em minha vida.

— Também te amo, mamãe...

Um último sorriso maternal.

— Agradeço aos Quatro pela chance de ver você pelo menos mais uma vez...

Então, seus olhos se fecharam. E nunca mais tornaram a abrir.

Aoi me abraçou, algo que nunca esperei dela, e fiquei sem reação. Meu coração ainda batia forte, e finalmente eu entendi que todo o esforço da minha mãe, cada gota de sangue espalhada por aquela casa, tinha sido para se despedir de mim. Eu nunca mais a teria de novo. Por isso, continuei abraçado a ela por mais algumas horas.

Coincidentemente, a madrugada que se seguiu ficou conhecida como a mais chuvosa de Tormenta. Parecia que até os céus lamentavam a morte da minha mãe.

Aoi e eu a enrolamos em lençóis velhos e aproveitamos o horário para levarmos seu corpo em direção ao velho cemitério da Vila da Madeira sem sermos percebidos.

Como era de se esperar de um cemitério só para servos, tudo ali tinha um aspecto podre. Ficava localizado numa grande colina, o que não era muito inteligente. Era comum acontecer um deslizamento e partes de cadáveres recém-sepultados descerem ladeira abaixo. Por isso, às vezes subia um cheiro de carniça que os ventos tratavam de espalhar por toda a Vila da Madeira.

Havia também grandes árvores de galhos grossos e retorcidos que davam um visual fantasmagórico para o cemitério. Mesmo com tantos mortos enterrados, o solo do lugar era duro e seco, então nada além de grama crescia ali. Em outras palavras: não havia beleza e o solo não podia ser aproveitado. Essa era a razão para se ter um cemitério para os pobres naquela área.

Eu sabia que muitos dos servos enterrados tinham morrido da mesma doença que acabou matando minha mãe. Uma doença até então misteriosa, e da qual só servos eram vítimas, cuja causa veio a ser revelada apenas anos mais tarde: a falta de higiene. Nós vivíamos em condições tão precárias, que milhares de servos foram contaminados e acabaram morrendo. Então, foi naquele cemitério, ao lado de tantos conhecidos, que enterrei minha mãe para o seu descanso eterno.

Uma velha tradição de Tormenta dizia que para um morto encontrar o seu caminho era necessário que um ente querido ainda vivo lhe abrisse a passagem. Em outras palavras, a tradição dizia que o túmulo devia ser sempre cavado por alguém querido. Minha mãe achava essa nossa tradição linda — eu sempre achei uma baboseira —, então fiz questão de fazer como ela gostaria que fosse.

Apesar do cemitério como um todo ser bem feio, o local onde decidi enterrar minha mãe não era tão ruim. Cavei seu túmulo embaixo de uma árvore que ficava bem no topo da colina, um pouco mais afastado dos demais e sem risco de ser destruído por um deslizamento. Imaginei que minha mãe estaria sempre protegida caso estivesse à sombra de uma árvore. Para concluir o ritual de sepultamento, fiz a lápide com as próprias mãos e escrevi: "Enquanto vivemos, temos todo o tempo. Nós só não sabemos quanto tempo temos".

Aquela frase me veio enquanto eu cavava o túmulo e representava bem o que eu sentia. Afinal, sempre acreditei que teria tempo para salvar minha mãe. Sempre acreditei que ela poderia me esperar vencer um estúpido torneio para ganhar o prêmio e então pagar seu tratamento.

Eu estava errado. O tempo tinha acabado.

— Me desculpe, mamãe — falei, ajoelhado ao túmulo. — Enquanto eu respirar, você vai ser a minha força e vou sempre te amar.

Aquela foi a noite em que mais chorei na vida.

Foi também a que mais me fez amadurecer.

. . .

Engoli as lágrimas e decidi ignorar a dor e a saudade, que ainda me atormentariam por muito tempo, e segui para a Floresta das Quimeras, no meio da madrugada, junto com Aoi. Eu precisava treinar. Precisava me fortalecer. Caso contrário, como se não bastasse ter perdido a minha mãe, eu acabaria perdendo também o meu melhor amigo.

A minha relação com Huriama podia ser bem complicada, mas ele ainda era muito importante para mim. Se não fosse pela nossa amizade, eu provavelmente teria desistido de tudo. Foi aquela amizade que me manteve firme e me fez ir até a floresta em pleno luto para treinar.

Durante o percurso, Aoi e eu não trocamos nenhuma palavra. Quando chegamos, fui direto à velha folha de bananeira e entreguei à Aoi. Tomei distância e me posicionei de frente para a garota-espírito. Então, começamos a praticar.

Fechei os olhos e, com muito esforço, afastei o luto do coração. Comecei a sentir todas as moléculas de ar ao meu redor, todas à minha disposição. Mexi levemente a palma da mão pelo ar e consegui sentir um peso, como se eu estivesse empurrando algo. Mais uma vez, Huriama veio à minha mente, mas a imagem não me atrapalhou como antes. Eu não tinha mais receio de enfrentá-lo. Depois de perder minha mãe, a pessoa mais importante para mim, não havia mais o que temer. Todo o medo tinha dado lugar à determinação. Eu só sabia que não queria mais perder ninguém.

Ainda de olhos fechados e com a mente focada, empurrei delicadamente a massa de ar na palma da minha mão para frente, em direção à folha de bananeira, da mesma maneira que eu faria ao arremessar uma pequena bola de borracha.

Fiquei surpreso quando perdi o contato com a massa de ar e ouvi o som do vento passar por mim. Abri os olhos imediatamente e encontrei a Aoi segurando dois pedaços do que antes era apenas uma folha inteira de bananeira.

— Você conseguiu, Kay! — Ela sorria de orelha a orelha.

— Eu consegui... — repeti, meio incrédulo e ainda olhando as duas metades da folha.

— O que você fez para conseguir?!

— Acho que apenas perdi o medo de fracassar. — Até porque, na minha cabeça, eu já tinha fracassado.

— Entendi. — Ela ainda estava empolgada. — Vamos, tente novamente. E agora jogue uma quantidade maior de ar contra mim!

Depois da primeira vez, todas as outras foram mais fáceis. Aprendi logo que para empurrar uma massa maior de ar eu podia usar as duas mãos e a intensidade do "empurrão" seria proporcional à força do golpe. Aprendi aquela técnica bem a tempo de usá-la no Torneio de Classes.

Teoricamente, tudo estava perfeito, pois eu ainda teria algumas horas para descansar até ter que lutar no torneio, mas não consegui fazer nada além de chorar.

Chegando em casa, fui logo me deitar, e finalmente permiti que todos os sentimentos viessem à tona.

Sem que eu percebesse, passei o tempo todo chorando feito um bebê, enquanto me lembrava de quando a minha mãe ainda era saudável e passávamos quase todo o tempo que podíamos juntos. Só me dei conta do tempo que tinha passado quando Aoi me chamou e disse que eu devia me aprontar. Troquei de roupa e fui pegar minha espada. Então, senti a barriga roncar de fome. Pensei em comer algo, mas não havia tempo.

Na manhã do torneio, as minhas pernas e os meus braços tremiam. Aquela era a última chance de salvar meu amigo e não ser um completo fracasso. Estava ansioso, com medo e ainda em luto. Mesmo com aquele turbilhão de sentimentos, parti com

Aoi para o velho Coliseu de Tormenta, onde seria realizado o Torneio de Classes.

Suei de ansiedade durante todo o caminho. Finalmente, tinha chegado o grande dia.

CAPÍTULO 16

Torneio de classes

O Coliseu era o maior monumento de Tormenta. Era inacreditável que um país tão pobre, onde milhares morrem devido à falta de higiene, de alimento e de qualquer assistência médica, pudesse ter uma obra arquitetônica de tal magnitude.

Localizado bem no centro de Tormenta, dentro dos grandes muros que separavam os servos do restante da população, as paredes do Coliseu subiam a mais de cinquenta metros do chão. Se alguém pudesse ver o edifício do céu, perceberia que tinha um formato perfeitamente oval.

Por dentro, as arquibancadas acompanhavam as paredes e se estendiam desde o solo até o topo, como uma escada com degraus gigantes. Cerca de setenta mil pessoas eram acomodadas confortavelmente lado a lado naquelas arquibancadas gigantes. No dia do Torneio, porém, oitenta e cinco mil pessoas estavam ali.

E milhares delas gritavam.

A estrutura do Coliseu acabava valorizando muito a acústica, o que amplificava os gritos, dando a sensação de que o lugar chegava a vibrar. Enquanto mães e esposas choravam pelos seus amados, a maioria ali gritava apenas para exaltar a carnificina que estava prestes a acontecer.

Na arena de terra estávamos eu e todos os outros competidores, todos ajoelhados em dezenas de fileiras de dez, com as cabeças baixas, apenas esperando as instruções para dar início ao maior e mais sanguinário evento de Tormenta. Eu estava logo na primeira fileira, e não tinha encontrado Huriama ainda. A ansiedade já tomava conta de mim, então mantive meus olhos fechados, mas meu corpo todo tremia e suava muito. Pelo meu nervosismo, a maioria ali já devia me considerar um alvo fácil. Até eu temia me tornar um alvo fácil, mesmo depois de tanto treinamento. Eu ainda não me sentia muito confiante.

— Kay, fique calmo — disse Aoi, que apesar de invisível aos olhos de todos ali, estava sempre ao meu lado. — Vai dar tudo certo.

Discretamente, assenti e tentei me acalmar, mas a tensão só piorou quando as instruções começaram a ser dadas.

— Povo de Tormenta! — De repente, uma voz masculina ecoou por todo o Coliseu e imediatamente o barulho se cessou. — Sejam bem-vindos à mais uma edição do Torneio de Classes, o maior evento esportivo da nossa magnífica nação!

Abri os olhos e tive uma surpresa quando consegui enxergar quem falava. Diante de mim, mas virado de costas, estava o próprio príncipe de Tormenta.

Mesmo sem ver o seu rosto, pude reconhecê-lo pelos cabelos dourados e, principalmente, pelos trajes feitos de seda azul. A seda era o tecido mais caro de Tormenta, nem mesmo os nobres podiam pagar por ela, o luxo do tecido era apenas para o clero e a própria família real. A cor azul era exclusiva para reis e príncipes — que diziam ter o sangue azul. Senti uma leve vontade de cortar o principezinho ao meio para saber se a história do sangue azul era mesmo verdade.

— Para essa edição, temos um número recorde de participantes! — exaltou o príncipe, animado. — Temos sessenta e quatro servos, buscando a ascensão de classe, e mais oitenta e três guerreiros, totalizando cento e quarenta e sete participantes. E apenas um deles terá o seu nome escrito para sempre na nossa história ao se sagrar campeão deste espetáculo! — *Espetáculo ou carnificina?* Aquela crueldade toda estava sendo apresentada como uma verdadeira atração. — Como já é do conhecimento de todos, a única regra aqui é que não é permitida qualquer interferência externa. A plateia não pode jogar nada na arena nem alertar qualquer competidor sobre um eventual golpe surpresa. Na arena, todos estão sozinhos. E, devido ao grande número de inscritos, temos um novo e simples modelo para a primeira fase. — O príncipe fez uma breve pausa para causar tensão. — A primeira etapa será de todos contra todos. Todos os competidores vão lutar. Todos serão alvos. Está autorizado o uso de armas e armaduras àqueles que possuírem. Os últimos quatro guerreiros a se manter em pé irão disputar as semifinais, que acontecerão ainda hoje. Lembrando que Tormenta não se responsabiliza por eventuais mortes que aconteçam no decorrer do Torneio. Ao aceitar participar, todos assumem os riscos. Por isso recomendamos a todos que estejam atentos, pois, nessa primeira fase, não existe amizade ou qualquer outro tipo de relação. Só existem concorrentes. — Inevitavelmente, lembrei de Huriama. — Nas edições passadas, vimos que todos são capazes de tudo para cumprir seus objetivos — concluiu.

Simplificando: teríamos que nos destruir até só restar quatro e, depois disso, exaustos, ainda lutaríamos de novo para decidir quem seriam os dois finalistas. No final das contas, não era só um teste de força, mas também de resistência.

Nada naquele torneio era justo. De fato, o príncipe estava certo sobre a maioria das coisas que havia dito. A cada edição do Torneio de Classes, ficava mais fácil notar que ninguém se preocupava em travar uma luta justa, tudo o que importava era vencer.

Os servos que participavam estavam ali apenas para buscar uma vida melhor, tentar ascender e se tornar um guerreiro, pois, para eles, a vida que viviam não tinha muito valor. Eles preferiam apostar suas vidas em uma mínima chance de mudar de posição social. Aquilo era o mais ridículo. A desigualdade em Tormenta era tão grande, que os servos juntavam suas economias e pagavam uma taxa de inscrição absurda apenas para acabarem morrendo. Nunca antes um servo saiu vencedor.

Pior do que os servos eram os nobres que se arriscavam só para terem o seu nome escrito na história do país. Ridículo. Mas o evento era aplaudido por uma multidão de nobres e alguns poucos servos alienados, que realmente acreditavam que havia algum orgulho em vencer aquilo.

— Competidores, tomem os seus lugares!

Como não havia lugar nenhum a ser tomado, apenas nos levantamos e nos espalhamos pela arena para evitarmos qualquer golpe surpresa. Então finalmente tive a chance de dar uma olhada nos meus adversários.

A maioria ali era nobre e usava armadura, mas aquilo não me assustava. O que me assustou foi finalmente encontrar Huriama na multidão de competidores e perceber que seus olhos estavam fixos em mim, parecendo sedentos por sangue. Aquilo fez o meu corpo estremecer. Para não perder a concentração, preferi ignorar Huriama e voltar o olhar para o centro da arena, onde estava o príncipe.

Sem dizer mais nada, o príncipe se retirou, fazendo questão de desfilar e acenar para todos os competidores. Acompanhei atentamente cada passo seu. Naquele dia, o Coliseu lembrava um verdadeiro caldeirão. E parecia prestes a explodir. Nas arquibancadas lotadas, a maioria das garotas exaltava a beleza do príncipe em gritos histéricos.

Em menor quantidade, porém, também havia os insatisfeitos. Pessoas que, acredito eu, não estavam alienadas e enxergavam a verdade por trás daquele torneio, que fazia servos quase nus enfrentarem guerreiros de armaduras apenas para entreter. O famoso "pão e circo", quando os governantes davam um espetáculo para a população apenas para acalmar os nervos e fazer com que se esquecessem de sua verdadeira condição. Era uma pena que poucas pessoas entendessem aquilo.

Demorei, mas finalmente enxerguei o câncer em Tormenta e entendi porque Aoi sempre insistiu para eu participar do torneio. Naquele momento, decidi que lutaria não só para salvar Huriama. Eu também lutaria por todos os insatisfeitos.

Alguns segundos depois, o príncipe já estava com o restante de sua família no camarote real, que tradicionalmente era uma luxuosa barraca estruturada com madeira e coberta por seda vermelha, localizada dentro da própria arena, no melhor lugar para se assistir ao espetáculo que logo teria início.

O príncipe se sentou e anunciou:

— Declaro aberta a nova edição do Torneio de Classes!

Por um instante, tudo foi silêncio e todos nos encaramos, mas não demorou muito para que alguém tomasse a iniciativa.

— AAAAAAAH! — Um grito ecoou por todo Coliseu.

Não sei quem gritou, mas aquele foi o ponto de partida. Todos começaram a atacar.

A luta havia começado.

CAPÍTULO 17

O torneio: fase um

Depois do primeiro grito, todos partiram para o ataque. Huriama e eu continuamos nos encarando e, pelo seu olhar, tive certeza de que logo viria atrás de mim, mas as coisas não aconteceram assim.

A primeira fase do torneio começou e Huriama finalmente pareceu se esquecer de mim. Sem hesitar, ele partiu diretamente para o adversário mais próximo, um cara quatro vezes mais pesado e muito mais alto do que ele. O sujeito devia ser um nobre, pois trajava uma armadura de cobre sem dúvida feita sob medida. No entanto, quando se chocou com a foice de Huriama, a proteção pareceu papel. A lâmina simplesmente atravessou o metal, sem qualquer esforço. Nunca tinha visto uma lâmina ancestral colidindo com outro metal e, mesmo sabendo do real poder de nossas espadas, fui surpreendido. A arma atravessou a armadura e perfurou o homem bem na altura das costelas. Não demorou para que ele caísse de joelhos, agonizando aos pés de Huriama.

Mesmo de longe, a expressão em seu rosto denunciava que Huriama estava bastante satisfeito em ver o sofrimento do homem. Pelos gestos do sujeito, deduzi que ele devia estar implorando para viver. Mas aquilo não fez diferença para Huriama, que ergueu sua foice e, com um só golpe, decepou a cabeça do grandalhão. Sangue jorrou para todos os lados, as mãos de Huriama ficaram encharcadas e ele parecia não se importar com aquilo. Para ele, era só uma vida a menos. Eu mal podia reconhecê-lo. Era difícil acreditar que meu melhor amigo ainda estivesse ali, em algum lugar dentro daquele assassino. A cena foi tão cruel que toda a plateia começou a murmurar.

— SEU MONSTRO! — berrou uma mulher, que pelo tom parecia estar aos prantos. — ELE JÁ ESTAVA FORA DE COMBATE!

Passei os olhos pelas arquibancadas e identifiquei a dona do berro. Era uma senhora baixa e de aparência frágil, que, naquele momento, agia como uma verdadeira fera. Pelo sofrimento em sua voz, entendi que ela provavelmente tinha alguma forte ligação com o rapaz. E me solidarizei com sua dor.

Eu estava prestes a partir em direção a Huriama para impedir que ele fizesse outra vítima, mas fui surpreendido por Aoi.

— Kay, atrás de você! — gritou a garota-espírito, aparentemente bastante preocupada.

Nem tive tempo de avaliar nada. Logo que virei, fui recebido com um belo soco na têmpora. O golpe acertou em cheio e me desnorteou. Acabei tombando para o lado. Sacudi a cabeça e retomei a consciência bem a tempo de ver um homem com mais ou menos o dobro da minha idade, baixinho, careca e gordo, erguendo sua espada para me acertar bem na altura do ombro esquerdo. Felizmente, eu era muito mais ágil do que o sujeito e consegui me esquivar dando um longo passo para trás. Ainda assim, a lâmina me acertou de raspão no peito, deixando um corte ali.

Senti a ferida arder, mas não tive tempo de reclamar da dor. O sujeito me atacou de novo, mirando a espada na altura da minha cabeça. Daquela vez eu estava mais atento, e ergui a minha lâmina a tempo de travar a do homem. Então, por alguns segundos, encarei meu opositor e vi raiva em seus olhos, como se eu fosse a única coisa que o separava do seu maior desejo. Eu desconhecia sua motivação, mas aquele careca gordo não estava disposto a perder.

Ele tentou vencer o duelo na base da força e empurrou a sua espada contra a minha. Então, teve uma péssima surpresa. Mais uma vez, foi nítida a diferença entre um aço qualquer e uma lâmina sagrada. Foi só eu forçar um pouco que a lâmina do careca cedeu e acabou cortada ao meio, como se fosse feita de papel. O homem ficou perplexo e, de repente, sua raiva foi completamente substituída pelo desespero. Certamente, ele esperava que eu fosse matá-lo, o que eu não ia fazer, mas aquele homem seria um alvo fácil se andasse desarmado pela arena, então o melhor que pude fazer por ele foi golpeá-lo com o cabo da espada para apenas desmaiá-lo. Daquela maneira ele estaria fora de combate e ninguém se preocuparia em atacá-lo.

Embora curta, a batalha com o careca me fez notar que Huriama não era o único que estava ali para matar. Para sobreviver até a final do torneio, era preciso estar sempre atento. Caso contrário, eu seria apenas mais um servo colaborando para as estatísticas. Isso eu não podia aceitar. Afinal, apesar do sofrimento pela morte recente da minha mãe, eu estava decidido a salvar Huriama. Além de mostrar para todos que os servos não eram lixos, aquele era o meu único objetivo.

A minha vontade era resolver as coisas logo, mas eu sabia que nada seria resolvido sem uma luta entre nós. E a luta não poderia acontecer no meio de tantos competidores, porque todos seriam postos em risco — lembrei que da última vez que lutei com Huriama causamos até uma explosão que quase nos custou a vida. O jeito seria esperar para que lutássemos nas finais. Só assim eu poderia lhe dar uma merecida surra e quebrar a espada que, de acordo com Aoi, o estava manipulando. A melhor estratégia que consegui bolar foi literalmente correr dos combates. Eu sabia que era muito mais forte do que todos ali e não queria ter que machucar ninguém sem real necessidade, então a melhor alternativa era evitar qualquer luta.

Segui com aquele plano por algum tempo e notei que a arena já estava banhada de sangue. O êxtase da plateia tinha sido tomado pela tensão e tudo era silêncio. Metade dos participantes já estava no chão. Aquela primeira fase tinha como intuito iluminar a massa e estava cumprindo muito bem o seu papel. Se as coisas continuassem daquele jeito, eu logo teria que parar de fugir. Óbvio que para todos ali um adolescente magricela e aparentemente covarde era o alvo ideal. Por isso a minha paz acabou não durando tanto quanto eu teria gostado.

Pouco mais de meia hora depois de lutar com o careca, apareceram mais dois adversários calvos. Apesar de corpulentos, não eram gordos como o primeiro. Pelo contrário, eram altos e bem fortes. E idênticos. Deviam ser irmãos que estavam cooperando para se classificarem juntos para as finais. Provavelmente, eram guerreiros, pois trajavam belas armaduras — que nenhum servo poderia comprar nem mesmo se juntasse dinheiro por duas vidas inteiras. Os dois homens carregavam espadas de aço longas e, ao que tudo indicava, pesadas o suficiente para rasgar uma pessoa ao meio com um só golpe. Além das armas e da aparência, os dois tinham em comum a intenção de me retalhar.

— Fica paradinho aí, nanico! — ordenou um deles, com uma voz tão aguda que chegava a ser cômica. — Se você se comportar, a gente não vai precisar te matar.

— É... — concordou o outro, de voz igualmente fina. — Se você se comportar, vamos apenas arrancar uma perna sua... — Fez uma pausa, sorriu e concluiu: — Ou duas.

Como aqueles babacas estavam zombando de mim, eu não quis ficar para trás.

— Por que não tentam arrancar a minha voz? — provoquei, com um sorriso sarcástico. — Eu ainda estou na puberdade e acho a minha voz mais intimidadora do que a de vocês.

Os dois brutamontes se entreolharam confusos, meio assustados com a minha reação. Até que um deles recuperou as palavras:

— Eu vou te esmagar, sua maldita formiga!

E os dois vieram correndo para cima de mim.

Apesar de serem assustadores, foi mais fácil ganhar deles do que do primeiro. Eram mais rápidos e, sem dúvidas, mais fortes, mas eram MUITO estabanados. Quase chegavam a trombar um no outro enquanto corriam para me atacar. Não sei se tinha a ver com o peso de suas armas, mas eles não eram nada bons na esgrima também. Todos, absolutamente todos os movimentos deles eram previsíveis. Seu repertório se resumia a cortes longos na diagonal ou cortes longos na horizontal, sempre mantendo o comprimento da espada como distância fixa para atacar. Como eram muito grandes, até que aquela era uma boa estratégia, porque a distância os protegia de qualquer ataque de espada, mas era uma estratégia que podia ser facilmente desmontada por qualquer um que soubesse se mexer bem em combate. Eu sofri para aprender esgrima na infância, mas, modéstia à parte, aprendi muito bem enquanto treinava com o Huriama na mansão dos Dariyu e ainda mais com Aoi.

Sem qualquer esforço, consegui desviar de todos os golpes dos grandões. Eu sabia que poderia vencê-los a hora que quisesse, só que decidi brincar um pouco com eles para evitar me meter em outra luta desnecessária. Decidi usar a batalha para colocar em dia a minha movimentação, então desviei de golpes dando mortais, piruetas e fazendo outras manobras que seriam impossíveis em um combate sério. Obviamente, aquilo chamou a atenção da plateia, até então tensa, que começou a se divertir e aplaudir cada movimento meu. Aquela humilhação deixou os irmãos com ainda mais raiva. E a raiva os deixou ainda mais atrapalhados.

Tão atrapalhados que, enquanto me caçavam, chegaram a trombar outra vez e caíram de bunda no chão no meio da arena. A vergonha foi geral. Até eu perdi a compostura e comecei a rir. Os grandões estavam tão irados que me deixaram de lado e começaram a brigar entre si. A plateia foi à loucura e, sem perceber, eu estava indo contra todas as minhas crenças e estava fazendo parte do espetáculo. Só caí em mim quando notei que ninguém mais nas arquibancadas olhava na minha direção. O povo gritava por outra coisa. Ou melhor, por outra pessoa.

Passei os olhos pela arena procurando o motivo de tanta euforia e fiquei surpreso ao perceber que estava quase deserta. Huriama estava apoiado sobre sua foice de lâmina vermelha que estava fincada no chão e parecia bastante entediado. Então, virei para trás e encontrei o verdadeiro motivo de toda o entusiasmo da plateia. Uma garota sozinha, com armadura incompleta, enfrentava quatro homens adultos usando apenas correntes de aço e estava humilhando cada um deles.

Para a minha surpresa, eu conhecia aquela garota. Era Satiko.

Nós não nos víamos desde o meu penúltimo dia de treinamento na floresta, quando eu deixei o lugar quase chorando de raiva por ter falhado mais uma vez em dobrar o ar. Eu nunca a tinha visto treinar e não imaginava que ela era tão incrível.

Satiko enfrentava os quatro homens e dava conta deles. Nem tive tempo de pensar em ajudá-la, pois, em questão de segundos, ela acabou com os quatro de uma vez. Envolveu a todos com sua corrente e os manteve imobilizados, um de costas para o outro, exatamente como se fazia com criminosos em Tormenta.

Atrás de mim, um dos irmãos careca se levantou com as mãos sujas do sangue do irmão derrotado, mas eu nem reparei naquilo. Eu ainda estava perplexo, e só voltei para a realidade quando o príncipe se levantou do trono real:

— Cidadãos, saúdem os nossos quatro finalistas!

— Puta que pariu! — Foi tudo o que consegui dizer.

Do outro lado da arena, Satiko exibia o mesmo sorriso tímido de sempre para mim.

WOOOOOOOOOOOOOOOOOOOO
TUM-
DUM!

CAPÍTULO 18

O torneio: fase dois

Todos os espectadores, principalmente as mulheres, estavam em estado de êxtase. Todos, inclusive o próprio príncipe, sabiam por que: Satiko era a primeira mulher a se classificar para as finais do Torneio de Classes. Além de inédita, a classificação de Satiko era um golpe que atingia a todos os poderosos do país. Tormenta, que sempre fora governada por homens, agora era forçada a reconhecer uma mulher como um de seus quatro guerreiros mais fortes.

Claramente incomodado com as saudações da plateia a uma mulher, o príncipe não podia fazer nada. Por mais que lhe custasse aceitar, naquele momento Satiko era a maior estrela de Tormenta. E qualquer atitude contra ela faria o Torneio de Classes perder o prestígio. Impotente, o nobre apenas seguiu o protocolo. Conforme acontecia em todas as edições, os finalistas sempre se apresentavam ao público antes dos confrontos das semifinais começarem.

Enquanto o príncipe vinha ao encontro dos finalistas, guardas nos posicionaram lado a lado bem no centro da arena, onde todos podiam nos ver perfeitamente. Fiquei entre Satiko e o grandalhão bobo, que ficou na ponta direita, enquanto Huriama estava na ponta à minha esquerda, logo ao lado de Satiko. Quando o príncipe chegou até nós, o silêncio reinava absoluto. Todos estavam ansiosos para conhecer os campeões. E, começando por Huriama, tiveram início as apresentações.

— O rapaz que mais derrubou adversários nessa primeira fase! — exclamou, colocando a mão sobre o ombro de Huriama. — Fale para nós o seu nome, a sua classe e o que o levou a se inscrever no torneio.

Para que todos nas arquibancadas pudessem ouvi-lo, Huriama acompanhou o volume e o tom de voz do príncipe para responder.

— Meu nome é Huriama Dariyu — disse com firmeza, sua postura tão ereta quanto a de um soldado diante de seu superior. — Faço parte da classe dos guerreiros, e estou aqui para provar a minha força e a superioridade da nossa classe.

Como se não bastasse a antipatia da plateia que conquistou com a atuação na primeira fase, Huriama mostrou-se polêmico. Alguns guerreiros se levantaram e gritaram em seu apoio, mas a maioria dos espectadores eram servos. Mesmo sabendo que éramos o lixo da sociedade, eu não gostei nada de ouvir as palavras de Huriama. Aquele seu comentário sobre superioridade rapidamente repercutiu pelas arquibancadas e gerou um incômodo em todos os servos, que não se manifestaram por medo de punição. Como sempre, nós tínhamos que ouvir todas as humilhações e abaixar a cabeça. Eu estava cansado daquilo. Aos poucos, ficava cada vez mais claro que minha luta com Huriama não ia servir só para salvá-lo, mas também para mostrar que um servo pode ultrapassar limites e se tornar um campeão.

Bem, era o que eu pensava, mas o príncipe parecia gostar mais das ideias do meu rival.

— Gosto da sua ousadia, garoto — comentou com um sorriso nos lábios. Depois, virou-se para Satiko, mas sem demonstrar a mesma simpatia aparente instantes antes. — E você, garota, apresente-se para nós.

— Meu nome é Satiko Takeo — respondeu ela, em alto e bom som. — Sou filha de uma serva e de um guerreiro e, por descender de servos, não me encaixo na nobreza. Estou aqui justamente para mostrar a força das mulheres e dos servos.

Por alguns segundos, tudo foi silêncio. O príncipe ficou sem reação, afinal, o cenário estava muito pior do que ele esperava. Não era só uma mulher ganhando força à sua frente, era também uma serva. Pela segunda vez no mesmo dia, o príncipe estava impotente. Indiretamente, Satiko o desafiava e ele não podia reagir, pois milhares de pessoas assistiam à cena. O que o nobre odiou foi o que fez o público amar a garota.

As pessoas começaram a gritar, quase todas mulheres e servos. O nome de Satiko tomou conta do Coliseu e foi cantado com orgulho digno de um hino. Aquilo incomodou muito o príncipe, que tentou ignorar o barulho para começar a me entrevistar, mas não teve sucesso. O volume das vozes da plateia estava tão alto que eu não consegui ouvir nada, mesmo com o príncipe diante de mim.

A empolgação exagerada fez com que os próprios guardas da realeza subissem às arquibancadas para controlar o público com ameaças. Assisti a tudo com medo de que pessoas inocentes se machucassem. Felizmente, os guardas recuperaram o controle da situação sem usar violência. Aquele *ainda* não era o melhor momento para uma revolução.

Finalmente, o príncipe retomou a sua pose de apresentador-bom-moço e se virou para mim.

— E agora temos o mais exibido da primeira fase — anunciou ele, em tom bem-humorado, referindo-se aos meus malabarismos diante dos grandalhões. — Você é mesmo bastante habilidoso em se esquivar, rapaz.

— Obrigado... — respondi no automático. — Vossa Majestade — acrescentei, meio sem jeito, esquecendo qualquer formalidade.

— Fale um pouco de você e do que o motivou a participar do Torneio de Classes.

Foi só ouvir algo relacionado a motivação que senti o peito apertar. Imediatamente, lembrei da minha mãe. No início, ela havia sido o motivo para eu participar do Torneio de Classes. Precisei me esforçar para me manter firme e conseguir responder. Ou pelo menos tentar.

— Eu me cha...

— Desse jeito nem eu consigo te escutar, Kay! — advertiu Aoi, que estava, como sempre, próxima de mim, apenas esperando o momento certo para me criticar ou reclamar. — Você precisa falar mais alto!

— Mais alto, garoto! — ordenou o príncipe, reiterando as palavras da garota-espírito. — Todos nas arquibancadas precisam ouvir.

Tentei disfarçar ao máximo, mas a verdade é que eu estava tão nervoso por ser o centro das atenções que minhas pernas não paravam de tremer. Cheguei a suar. Então, pensei que seria mais fácil se eu não olhasse diretamente para as arquibancadas. E foi o que fiz: abaixei a cabeça e fiquei olhando para o chão, tentando me concentrar.

— Só conte a verdade, Kay — pediu Aoi. — Você tem que trazer as pessoas para o seu lado e colocar o príncipe em uma saia justa.

— Eu me chamo Kay, só Kay... — falei bem alto, tentando parecer firme. — Sou um servo e me inscrevi no torneio para conseguir dinheiro e salvar a minha mãe...

Como aconteceu depois da apresentação de Satiko, houve um momento de espanto por parte de todos os espectadores e até do próprio príncipe. Como Aoi havia sugerido, acabei colocando o príncipe em uma situação delicada. Certamente, ele estava bastante irritado por um servo qualquer estar nas finais do maior festival de seu país. Afinal, a ideia ali era exatamente o que Huriama havia dito: escancarar a superioridade da nobreza e colocar os servos em seus devidos lugares. Por outro lado, para qualquer governante é importante ter a massa ao seu lado e, se ele queria aquele apoio, não podia negar compaixão a um jovem pobre cuja mãe estava doente.

— Eu e toda Tormenta vamos torcer por você, Kay. — Forçou um sorriso e, sem me dar tempo de responder, foi logo conversar com o brutamontes à minha direita. — E o senhor, pode se apresentar para nós?

— Claro, Majestade — A sua voz aguda percorreu as arquibancadas e tive certeza de que todos, inclusive o príncipe, estavam prestes a rir do grandalhão. — Meu nome é Gekira Hikaru, sou um guerreiro e me inscrevi para vencer e honrar minha família.

Não houve qualquer manifestação da plateia. Na verdade, quando voltei meus olhos para as arquibancadas, notei que boa parte das pessoas estava me encarando. Pela expressão dos espectadores, percebi que se solidarizavam com minha história. O plano de Aoi funcionou perfeitamente: eu e Satiko tínhamos a massa ao nosso lado. E o príncipe sabia que aquilo era bem perigoso. Tão perigoso que ele decidiu intervir, sem sequer comentar sobre a apresentação do grandão.

— Agora que conhecemos todos os finalistas, vamos finalmente dar início às finais! — exclamou, mantendo a postura de quem apresentava um verdadeiro espetáculo. — O primeiro duelo será entre Satiko e Gekira e, em seguida, teremos Kay e Huriama!

— Sem sorteio e sem nenhum critério pra decidir os finalistas... — observou Aoi, indignada. — Kay, mantenha a calma e tudo vai dar certo.

Mas eu não consegui manter a calma. Aoi estava errada, os confrontos não haviam sido definidos aleatoriamente. Eles foram definidos para que nenhum servo ou bastardo chegasse à final e manchasse o Torneio de Classes.

Satiko lutava usando correntes, então, apesar de habilidosa, ela naturalmente estava em desvantagem contra um adversário gigante como Gekira. Bastava o grandalhão segurar e puxar a corrente ao ser atacado que Satiko inevitavelmente seria arrastada ao seu encontro. E, quanto a mim, na certa o príncipe tinha observado Huriama durante a primeira fase e sabia que ele poderia vencer qualquer um. Provavelmente, ele estava certo. Eu sabia que Huriama era mais forte do que eu. Mas fiquei ainda mais determinado a vencer aquele maldito torneio depois de ver outra vez o sistema agindo a favor dos nobres.

— Kay e Huriama, por favor, me acompanhem — ordenou o príncipe. Enquanto nos dava as costas e saía andando, ele completou: — Vocês vão assistir ao confronto comigo, nas minhas acomodações.

Claramente incomodado por receber ordens, Huriama acompanhou o príncipe com uma expressão nada feliz em seu rosto. Eu, por outro lado, demorei um pouco e esperei uma brecha para trocar algumas palavras com Satiko. Não demorou muito e ela me olhou, então tentei compartilhar todas as informações que pensei que poderiam ser úteis para ela durante o confronto.

— Fica longe dele, não deixa ele segurar as suas correntes de maneira nenhuma. Ele é muito mais forte e aí ele só vai precisar te puxar pra acabar com você. Ele é tonto e se movimenta mal, usa isso ao seu favor.

Para a minha surpresa, Satiko riu da minha preocupação.

— Fique tranquilo — disse ela, com um sorriso confiante nos lábios. — Nós nos encontramos na final.

Sorri de volta, meio sem graça. Queria ter a confiança dela, mas tudo o que fiz foi assentir e seguir para o camarote real. Lá pude ver de perto alguns membros da realeza. Entre eles, estava o próprio rei Hikaru, tão velho e magro que lembrava qualquer outro idoso de Tormenta. Os cabelos grisalhos se misturavam com a barba crespa e cinza, deixando-o mais parecido com um louco do que um rei. Pelo que se dizia, ele não falava mais e vivia em estado vegetativo, por isso seu filho havia assumido o trono. O príncipe ficaria entre Huriama e eu, e nós tínhamos o melhor lugar para assistir à luta. Atrás de nós estavam algumas mulheres e crianças que eu não consegui reconhecer, mas soube pelas vestes azuis que também pertenciam à família real.

Huriama e o príncipe já estavam acomodados. Eu me sentei no lugar que ainda estava vago ao lado deles e logo o nobre anunciou:

— Declaro aberto o primeiro dos dois duelos das semifinais!

Como era de se esperar de alguém tão afobado, o grandalhão saiu correndo para cima de Satiko. Meu coração estava disparado, era como ver uma quimera adulta atacando um coelho. Nas arquibancadas, todos os servos e mulheres estavam agitados e também apreensivos. Eles se viam representados por Satiko e não gostariam de vê-la perder. Se aquilo acontecesse, os nobres estariam reafirmando a tal "superioridade" de que eles tanto se gabavam. Aquela luta não valia apenas uma vaga na final do Torneio de Classes; era, de fato, uma batalha entre classes. Como dito em seu discurso, Satiko sabia muito bem o que representava, e parecia bastante tranquila quanto a isso. Ela simplesmente deixou suas correntes espalhadas pelo chão e aguardou a aproximação do brutamontes. Observando de longe, parecia que Satiko estava cercada por cobras preparadas para dar o bote e devorar a presa. A imagem das cobras combinou muito com a estratégia de Satiko para o duelo.

O grandão já estava a cerca de dois metros dela e já ia erguendo sua espada para cortá-la ao meio, mas ela não se mexia.

— Obrigado por morrer tão fácil, gracinha! — rugiu o grandão, enquanto deixava sua lâmina cair para o ataque.

Meu coração estava disparado, quase saindo pela boca. Satiko, por outro lado, manteve-se fria e aguardou até o último segundo para, suavemente, como se estivesse dançando, deslizar para o lado direito de seu adversário. Naquele momento, se ela utilizasse alguma arma de curto alcance, estaria em perfeitas condições para contra-atacar. Infelizmente, suas correntes não serviam de nada com tão pouco espaço. No fim das contas, a habilidosa esquiva de Satiko só serviu para irritar ainda mais o grandalhão.

— Garota maldita! — esbravejou Gekira, girando para a direita com a espada em punho. — Morra logo!

Como avisei, o grandalhão não tinha muitas variações de ataque e, mais uma vez, optou por um corte vertical. Sua intenção era literalmente cortar Satiko ao meio. Mas, assim como ele havia feito, Satiko esquivou, repetindo o mesmo movimento, deslizando-se para a direita.

E aquilo se repetiu de novo e de novo.

O grandão desengonçado sempre tentava fatiá-la ao meio e arrancava suspiros assustados da plateia, enquanto Satiko seguia esperando até o último segundo para se esquivar, sempre à direita dele. No começo não consegui entender a intenção de Satiko, ela estava se arriscando muito. Se o grandão fosse um pouco mais esperto, ele certamente já teria captado os movimentos dela e armado um jeito para acabar com a luta — até então bastante chata, porque ninguém tinha se ferido ainda. Apesar de parecer displicentes, as manobras de Satiko fizeram sentido no final.

Depois de quase dar duas voltas inteiras ao redor do brutamontes, Satiko mudou o movimento. Em vez de saltar para a direita, deu um salto para trás e tomou uma distância de cerca de três metros do oponente. Ela já sabia que Gekira viria correndo como um leão faminto ao seu encontro, então apenas aguardou. Quando ele ameaçou correr, ela gingou e, em seguida, puxou suas correntes com força, que logo se enroscaram aos pés do grandão. Como ele já tinha iniciado o movimento, não houve tempo de voltar atrás. Com as pernas presas, Gekira tombou para frente e caiu de cara no chão. Em uma cena inédita nas finais do Torneio de Classes, Satiko derrotou seu adversário sem tocá-lo, aproveitando-se do momento em que ele caiu para tomar sua espada e finalizá-lo com a própria arma.

— Você fala demais... — disse Satiko, apontando a lâmina para o rosto de Gerika. Então, para que toda a arena escutasse, em alto e bom som concluiu: — Mas acabou perdendo para uma garota.

O grandão até gritou de raiva, certamente sentindo-se humilhado. Até tentou se levantar com a ajuda dos braços livres, mas, sem mobilidade das pernas, acabou caindo de cara na areia novamente. Seu nervosismo acabou o transformando numa grande piada, e o confronto foi encerrado com guardas retirando-o da arena.

Quase toda a plateia foi à loucura e começou a gritar novamente o nome de Satiko. O Coliseu tinha se transformado em um verdadeiro caldeirão e, diante do seu povo, o príncipe teve que dar o braço a torcer e, contra a sua vontade, entregar-se à grande vitória de Satiko, levantando-se de seu trono para cumprimentá-la.

— Povo de Tormenta, saúdem Satiko Takeo, a primeira mulher finalista do Torneio de Classes! — Propositalmente, o príncipe não comentou sobre Satiko ser filha de uma serva, mas ergueu o braço direito dela para o público saudá-la. — Esta é a mulher mais forte de Tormenta!

E os gritos se intensificaram.

Eu queria correr até Satiko para abraçá-la, mas a minha alegria se foi quando o príncipe voltou a falar.

— Agora, Kay e Huriama, é a vez de vocês dois definirem quem será o adversário de Satiko.

Minhas pernas travaram. Eu simplesmente não me lembro de como me apresentei para o duelo. A hora havia chegado finalmente. Era tudo ou nada.

CAPÍTULO 19

Kay vs Huriama

Quando me vi diante de Huriama, minhas pernas voltaram a tremer. Meus olhos não viam nada além do meu adversário e, por um instante, pensei que estivéssemos sozinhos no Coliseu. Não ouvi barulho nenhum. Nada mais importava. Era a hora de acertar as contas e recuperar o meu melhor amigo que estava sob a influência de Kyron, o maléfico espírito guardião da lâmina sagrada do Deus Fogo.

Mesmo ansioso, não demonstrei nenhuma fragilidade quando os olhos de Huriama encontraram os meus. Enchi o peito de ar, cerrei os punhos e firmei os pés no chão para parar de tremer. Para quem nos assistia, eu devia parecer uma piada. Huriama tinha o corpo de um adulto, enquanto o meu era igual ao de qualquer outro servo desnutrido de Tormenta. Não só nossa condição física era incomparável, mas nossa educação também. Ele sempre teve os melhores mestres de esgrima e, por isso, sabia lutar muito melhor do que eu. Para deixar o combate ainda mais injusto aos olhos da plateia, Huriama trajava uma bela e forte armadura de cobre.

Eu não estava preocupado com a armadura. Sabia que o cobre não serviria de nada contra uma lâmina sagrada. Huriama também devia saber. Porém, ele não queria que nenhum dos espectadores pensasse que estava em vantagem. Provavelmente pensando nisso, decidiu tirar a própria armadura e a deixou cair sobre a arena. Agora, ele teria a chance de me massacrar e provar a superioridade da sua tão amada classe de guerreiros sem levantar dúvidas.

Sem armadura, Huriama tomou posição de ataque e preparou a sua foice, erguendo-a à frente de seu corpo. Fiz exatamente a mesma coisa com minha espada. Nossa maneira de lutar e nos posicionar era muito parecida, afinal, ele havia me ensinado quase tudo o que aprendi sobre esgrima. Tinha chegado a hora de enfrentar o meu mestre. Para afastar os pensamentos ruins, respirei fundo e, com as duas mãos, segurei com força o cabo da minha espada. Naquele instante, o príncipe autorizou o combate.

— Declaro aberto o segundo duelo das semifinais!

A voz do príncipe me despertou. A arena seguia como um verdadeiro caldeirão. E, para a minha surpresa, logo o meu nome começou a ser chamado.

— KAY! — Ao passar os olhos brevemente pelas arquibancadas, percebi que eram os servos que gritavam. O ritmo com que chamavam o meu nome tomou conta do meu coração, que começou a bater quase na mesma frequência. — KAY! KAY! KAY!

Quem não reagiu muito bem àquilo foi Huriama. Sedento por sangue, ele logo veio me atacar. Estávamos a aproximadamente cinco metros um do outro, mas a distância não foi obstáculo para ele. Em instantes, Huriama já estava saltando sobre mim pronto para me cortar ao meio. Sua velocidade impressionou a plateia. Foi só ele começar a se mexer que o meu nome parou de ser cantado e um ar de preocupação tomou conta dos meus torcedores nas arquibancadas. O sentimento se justificava, pois poucas pessoas reagiriam a tempo a um golpe tão ágil e intenso.

Felizmente, eu era uma daquelas pessoas.

Ergui a espada diante do meu rosto, como um escudo, e amorteci o golpe de Huriama. Esperei ele aterrissar, então girei para o meu lado direito, passando por debaixo da sua lâmina, e me preparei para atingi-lo. A minha intenção era limitar os movimentos do ombro esquerdo de Huriama porque ele era canhoto e teria dificuldades para manusear a foice. Minha estratégia foi menos afobada e mais pensada que a de Huriama. Só não deu certo porque ele mesmo tinha me ensinado aquela manobra.

—Você realmente acreditou que eu não reconheceria esse movimento, Kay? —Huriama bloqueou meu ataque, forçando sua lâmina contra a minha para que nos aproximássemos. — Desse jeito você não vai conseguir o dinheiro do prêmio para salvar a sua mamãe... — provocou, num tom de falsa preocupação.

Ouvi-lo falar da minha mãe me deixou louco.

— Kay, não dá bola pra ele! — advertiu Aoi, em gritos que somente Satiko e eu conseguiríamos ouvir. — Ele só quer te provocar e ele não sabe o que aconteceu com a sua mãe.

Sabia que Aoi estava certa porque Huriama não tinha como saber que a minha mãe tinha morrido, isso era muito recente. Mas não aceitei suas palavras.

— CALA A MERDA DA SUA BOCA AGORA! — rugi, empurrando de volta a foice de Huriama para afastá-lo de mim. — EU VOU ACABAR COM VOCÊ!

Com a minha reação, os gritos recomeçaram.

— KAY! KAY! KAY! KAY!

Naquele momento, eu representava toda uma classe que estava cansada de ser vista como lixo. Aquele duelo representava muito bem a luta dos servos contra a opressão dos seus senhores. Com aquela ideia em mente e irritado por tê-lo ouvido falar da minha mãe, parti para cima de Huriama. Ao contrário da primeira vez, meu golpe foi bastante afobado e nada efetivo. Mas rendeu um espetáculo que arrancou suspiros da plateia, pois confrontei Huriama frente a frente.

Nossas lâminas se cruzaram uma, duas, três vezes. E aquilo continuou se repetindo. A cada choque, faíscas surgiam do contato entre as lâminas. Apesar de estar afobado e agindo por raiva, minha sequência de golpes colocou Huriama na defensiva. Enquanto eu atacava, percebi pela sua expressão que ele estava numa situação complicada. Eu tinha conseguido surpreendê-lo e Aoi notou a mesma coisa.

— Mantém a intensidade! — orientou ela, parada ao meu lado enquanto eu atacava. — Mantém a intensidade, distrai ele e espera a hora certa!

Obedeci. Continuei oferecendo um espetáculo à plateia, com ataques intensos e rápidos. Huriama continuou a bloqueá-los. Repeti os movimentos até que ele retomasse a confiança. Eu o conhecia muito bem e, quando percebi sua expressão menos tensa, soube que ele estava prestes a contra-atacar. Huriama e eu estávamos a poucos centímetros um do outro. Em um movimento rápido e discreto, passei a segurar a espada apenas com a mão direita, liberando a esquerda. Tentei atacá-lo novamente no ombro, em um corte em diagonal, mas ele bloqueou o golpe. Então, achei minha brecha.

Com a mão esquerda livre, aproveitei a curta distância e o fato de a foice de Huriama estar ocupada travando o meu ataque para acertar um *jab* bem no meio do nariz dele. Ele cambaleou para trás um pouco desnorteado.

Os gritos aumentaram. Muitos servos se levantaram e já comemoraram minha vitória, mas não dei importância. Aquela era a hora de arrancar a foice de Huriama e destruí-la. Aproveitei a brecha e, enquanto Huriama cambaleava, dei outros dois socos no seu rosto. Minha expectativa era forçá-lo a soltar a lâmina, mas ele parecia se recusar a fazer isso. Depois do último soco, Huriama chegou a cair deitado com as costas no chão, ainda assim não largou a foice. Em um combate normal, entre nobres, o príncipe já poderia interceder e me declarar vencedor.

Mas, ali, isso não existia.

Não havia imparcialidade por parte da realeza. Aquela semifinal representava todo um sistema. Senhores contra servos. E o governante não tinha outra escolha a não ser esperar que, por um milagre, Huriama se recuperasse e me desse uma surra. Afinal, o príncipe sabia bem que os servos eram a maioria e, caso se juntassem em prol de um mesmo objetivo, dificilmente seriam contidos. Aoi também sabia, por isso ela sempre insistiu para que eu participasse do Torneio de Classes. Ela queria que eu fosse um símbolo. E, naquele momento, eu era mais ou menos isso.

A cada soco que eu acertava em Huriama, os servos nas arquibancadas iam à loucura. Mesmo de relance, percebi que muitos se levantavam e gritavam sem medo de serem reprimidos. Quando Huriama caiu, corri para me ajoelhar ao seu lado. Ali, se eu quisesse, poderia tê-lo matado, mas decidi pegar a maldita foice para destruí-la de uma vez por todas. Logo que toquei na lâmina, senti minha mão ferver. Era como se a foice estivesse me rejeitando. Imediatamente, larguei o cabo e comecei a balançar a minha mão ao vento, na intenção de que ela esfriasse, exatamente como faz uma criança ao encostar em uma panela quente.

Nas arquibancadas, provavelmente ninguém entendeu o motivo de eu ter recuado tão de repente. Somente Aoi tinha entendido o que aconteceu e, um pouco tarde, decidiu me alertar.

— Não encoste na espada dele com a sua mão! Você vai precisar fincar a ponta da sua lâmina na dele para destruí-la!

Se ela tivesse me falado aquilo cinco segundos antes, a história daquele duelo teria sido diferente.

Aproveitando-se da minha queimadura, Huriama conseguiu reunir forças para me surpreender com um soco cruzado bem próximo à minha orelha. O golpe me acertou em cheio. Caí deitado para o lado e então Huriama montou sobre a minha cintura e fez questão de devolver cada um dos meus socos.

Meio desnorteado, recebi o segundo e o terceiro em uma sequência de mãos alternadas que não me deu nem tempo de tentar entender o que estava acontecendo. Eu só sabia que estava sentindo muita dor. Sentia meu rosto inchando e não conseguia ver nada, pois as gotas de sangue que escorriam do nariz de Huriama estavam caindo bem em cima dos meus olhos.

Então, toda a plateia ficou em silêncio. Nem mesmo Aoi falou nada. A tensão estava instalada. Eu estava acabado. Não tinha como sair dali. Apesar de não sentir mais nada a partir do quarto soco, comecei a desejar que aquela humilhação acabasse logo. Depois de perder a minha mãe e de fracassar em salvar o meu melhor amigo, eu não me importaria nem um pouco em morrer, desde que tudo acabasse logo. Eu já estava quase inconsciente quando Huriama decidiu me provocar e, sem querer, me deu uma última dose de adrenalina.

— Vou acabar com você! — disse ele, enquanto literalmente terminava de amassar a minha cara com seus punhos. — E depois vou matar a sua namoradinha e mostrar para todos o quão podres os servos são!

Satiko. Se eu perdesse aquela luta, Satiko enfrentaria Huriama na final e seria a próxima a morrer.

Lembrei dela. Dos momentos em que ela cuidou de mim e de como se ofereceu tão gentilmente para ajudar a cuidar da minha mãe. Lembrei de como ela corava ao me ouvir falar. Mesmo em meio a uma surra, percebi o quanto Satiko me fazia bem. Analisando minha vida, com Huriama querendo me matar e com a morte da minha mãe, Satiko era a única pessoa que ainda se importava comigo. Sem perceber, eu tinha construído um laço único com ela. E eu não queria perder aquilo. Eu não podia perdê-la.

Então, reuni o que me restava de forças e consegui acertar um soco nas costelas de Huriama. Eu estava destruído. Minha mão estava em carne viva e eu mal podia enxergar com o sangue espalhado pela minha cara, mas consegui surpreendê-lo. Ele já me via derrotado, por isso não esperava o contragolpe. Aproveitei o momento e o soquei com tanta força que meus dedos chegaram a estalar.

Huriama gritou de tanta dor e inclinou o tronco para o lado machucado. Aquela reação foi a minha deixa. Com as duas mãos, empurrei seu peito para tirá-lo de cima de mim. Ele acabou caindo de bunda no chão. Aproveitei para levantar, pegar a espada e me afastar. Limpei o sangue dos olhos e fui ovacionado por uma plateia enlouquecida.

— KAY! KAY! KAY! KAY!.

Mais uma vez, Huriama não gostou de me ver como centro das atenções. Ele também pegou sua foice e levantou, mas não veio me atacar. Ele apenas ergueu a lâmina a frente de seu corpo e fechou os olhos, aparentemente concentrando-se. Imediatamente, soube que ele estava prestes a invocar a suas chamas. Aoi também pensou a mesma coisa.

— KAY, CHEGOU A HORA! — gritou, alertando-me. — Você precisa concentrar o máximo de oxigênio que conseguir ao redor dele.

Eu mal me aguentava de pé de tanto que tinha apanhado, mas era a hora de colocar o treinamento dos últimos dias em prática. No fundo, eu já sabia que era questão de tempo até que Huriama invocasse as chamas. Se as pessoas na plateia fizessem ideia do risco que corriam, teriam saído correndo dali. Afinal, Huriama não se importaria em queimar milhares até a morte desde que eu estivesse incluído no pacote. Seria preciso lutar não somente para me proteger, mas também para salvar todos à minha volta.

Assim como Huriama, fechei os olhos e tentei me concentrar. Comecei a mexer as mãos buscando ter um melhor contato com o ar. Quando eu estava quase conseguindo, gritos ecoaram por todo o Coliseu. Gritos de desespero. Gritos que antecediam a morte.

— Kay, anda logo! — A voz de Aoi era só tensão. — Ele vai atacar!

Então, consegui finalmente.

Senti o ar nas mãos, como se fosse sólido. Abri os olhos e vi Huriama cercado por chamas; uma quimera de fogo se formava à sua frente, pronta para atacar. Em pouco tempo, sua habilidade de dobrar o fogo tinha evoluído muito e aquilo me preocupou. Pessoas assustadas começaram a buscar a saída da arena, os gritos aumentaram e continuaram a ecoar pelo local, mas, àquela altura, nada me desconcentraria mais. Eu já tinha contato com o ar e, com as duas mãos, comecei a acumular o máximo de oxigênio em um círculo que envolvia Huriama e sua quimera de fogo. Em seguida, empurrei uma grande massa de ar contra eles. Sem querer, acabei formando uma enorme onda de vento. Ao mesmo tempo, a quimera de fogo de Huriama partiu aos saltos para me atacar.

Mas minha armadilha deu certo.

Bem na frente de Huriama, a quimera se chocou com todo o ar que eu havia concentrado em torno deles e explodiu. Se a quimera tivesse se chocado com a minha onda de vento, o fogo teria se propagado por toda a onda e seguido até a fonte — que, no caso, era eu. Já tinha acontecido quando Huriama e eu lutamos na floresta. Por isso, decidi insistir no mesmo erro para distraí-lo. O meu único golpe visível foi a onda de vento porque mobilizou uma grande massa de ar em uma só direção, mas, antes da onda, eu já tinha cercado Huriama e sua quimera com massas de ar repletas de oxigênio, o gás essencial para a combustão. A minha onda de vento tinha sido um falso convite para que Huriama medisse forças comigo, e ele mordeu a isca.

Em alguns segundos, uma fumaça negra tomou a arena e todos pararam de se deslocar. Ficaram olhando na direção onde estava Huriama. Eu já não me aguentava mais em pé, mas esperei a fumaça se dissipar e tive uma boa surpresa. Huriama estava caído ao chão, aparentemente desacordado.

— Acabou... — eu estava quase caindo — ... não aguento mais...

— Não, Kay! — chamou Aoi, que insistia em não me dar descanso. — Você precisa destruir a foice de Kyron para salvar Huriama!

Mesmo morrendo de vontade de xingá-la, sabia que Aoi estava certa. Cambaleando feito um bêbado moribundo, com a cara inchada e uma das mãos queimada, fui até Huriama. Quando me aproximei o suficiente, tive a surpresa de encontrá-lo acordado.

— O que... — começou ele, sua voz falhava pela falta de força. — O que você fez?

— Depois falamos disso, amigo — respondi. Minha voz também não estava muito melhor. — Agora, deixa eu te salvar.

Com minhas últimas forças, pisei na foice de Huriama e ergui a minha própria arma. Então, sem pestanejar, finquei minha lâmina contra a dele, conforme Aoi havia me orientado. A lâmina de Huriama se dividiu ao meio, então uma enorme onda de energia partiu de dentro dela e se espalhou pelo ar feito poeira.

Estava acabado.

No entanto, todos nas arquibancadas permaneciam tensos. Para estimulá-los, ergui os braços para o alto, como faz um verdadeiro campeão. Missão cumprida.

— KAY! KAY! KAY! KAY!

Sorri. Finalmente eu tinha feito algo direito.

Satiko saiu correndo direto do camarote real e veio ao meu encontro, enquanto o príncipe permanecia boquiaberto com tudo o que tinha acabado de ver. Foi só Satiko me abraçar, que senti minhas forças esgotarem. Tudo ficou escuro.

Não sei o que aconteceu, mas, quando me dei conta, ela e eu estávamos rodeados por chamas.

CLANG!!

CAPÍTULO 20

Fogo

Acordei banhado de suor. Satiko estava debruçada sobre mim e sacodia os meus ombros enquanto tentava me falar algo. Meio desnorteado, com a vista embaçada pelo sono, demorei alguns instantes até conseguir focar o olhar em Satiko. Finalmente, compreendi seu desespero.

— A casa tá pegando fogo! — exclamou, seu rosto suava tanto quanto o meu e, pelos cabelos bagunçados, percebi que ela esteve dormindo também. — Precisamos sair daqui, Kay!

Depois de captar a mensagem, notei o fogo ao redor. Como a minha casa era de madeira, o fogo estava se espalhando muito mais rápido do que o normal. Era questão de tempo até que as vigas e toda a estrutura da casa começassem a desabar. Se não saíssemos logo dali, estaríamos perdidos.

Peguei minha espada no chão e me preparei para correr. Eu ainda estava cansado e sentia o rosto inchado dos socos de Huriama, mas, felizmente, minhas pernas estavam intactas. Caso contrário, teríamos morrido ali mesmo.

Eu estava pronto para sair quando Aoi simplesmente surgiu ao meu lado.

— Onde você estava? — perguntei, enquanto encaixava a bainha da espada à cintura. — O que está acontecendo?

— Eu não sei de nada! — respondeu ela, que parecia até mais desesperada do que eu. — Tentei te acordar, mas não consegui. Então, deixei a Satiko cuidando de você enquanto fui ver o que poderia ter causado o incêndio.

— Descobriu o que aconteceu?

— Não, mas não é só a sua casa que tá pegando fogo — avisou ela, preocupada. — Vocês precisam sair logo daqui para que possam ajudar os outros!

Assenti, segurei Satiko pela mão e a puxei para que começássemos a correr. Como minha casa era quase um cubículo, em questão de segundos já estávamos do lado de fora. Foi aí que entendi melhor o desespero de Aoi.

Não eram algumas casas que estavam pegando fogo. Era tudo ao redor.

Sair de dentro da minha casa não amenizou em nada o calor, pois o fogo estava por todo canto, ainda baixo, mas crescendo aos poucos e deixando um rastro de destruição. As estreitas ruas de barro da Vila da Madeira estavam lotadas por pessoas que assistiam às chamas consumirem suas casas. Sem nenhuma explicação para o fogo, parecia que os servos estavam destinados a sempre perder tudo. Mas, pior do que perder uma casa, era perder alguém amado.

— Vovô... — disse Satiko, ainda de mãos dadas comigo. Ela parecia estar em choque. — Preciso salvar o meu avô! — gritou, de repente.

Imediatamente, ela soltou a minha mão e saiu em disparada pela rua. Eu estava pronto para ir correndo atrás dela, quando Aoi me segurou pelo braço.

— Ela sabe se virar. Você precisa tirar essas pessoas daqui antes que o fogo se espalhe ainda mais.

A princípio, fiquei meio receoso em deixar Satiko sozinha, mas eu sabia que Aoi tinha razão. O fogo poderia se espalhar ainda mais e eu precisava afastar as pessoas da Vila da Madeira. Todos estavam desesperados, o que não ajudava em nada a situação já caótica. E eu, que nunca fui organizado, precisei tentar colocar ordem na situação.

— Pessoal, me escutem! — gritei, tentando parecer o mais firme possível em um momento em que eu estava completamente desesperado. — Preciso da atenção de vocês!

Para a minha surpresa, muitos dos meus vizinhos reconheceram a minha voz e se viraram para mim. Um burburinho logo começou e, mesmo em meio ao caos, as pessoas foram se organizando ao meu redor. Em questão de segundos, eu estava rodeado por famílias desanimadas que tinham acabado de perder as suas casas e que buscavam em mim alguma salvação. Ali, pela primeira vez, senti a influência que o Torneio de Classes teve sobre minha imagem, pois todos me olhavam com esperança.

Por um segundo, temi não corresponder às expectativas daquelas pessoas. Nunca fui um bom líder, mas eu realmente tinha a intenção de ajudar. Por isso, decidi ignorar todos os meus medos e limitações.

— Sei que todos estão assustados e ainda não entendemos o que está acontecendo... — comecei, falando baixo demais e repetindo o erro do Torneio de Classes, quando fui tomado pela timidez.

Como sempre, Aoi estava ao meu lado e não perdeu a chance de me corrigir.

— Fala mais alto! — exclamou ela, impaciente. — Estou do seu lado e mal posso te ouvir desse jeito.

Mais uma vez, senti vontade de xingar Aoi, mas, diante de tantos rostos preocupados, deixei o orgulho de lado e tentei ser o melhor líder que pude.

— Sei que todos estão assustados e ainda não entendemos o que está acontecendo — repeti, agora em alto e bom som para que todos ao meu redor escutassem. — Mas precisamos sair daqui imediatamente, é questão de tempo até que o fogo se espalhe, entenderam?

Alguns assentiram, mas a maioria continuou a me olhar perplexo, em profundo estado de choque. Somente uma mulher teve coragem de se manifestar.

— Kay, como vamos fazer com as crianças? — Ela estava com uma criança em seus braços e eu a reconhecia da minha vizinhança. — Elas não vão conseguir nos acompanhar.

Travei com aquela pergunta. Por sorte, Aoi percebeu e me orientou novamente.

— Isso é fácil de resolver — disse ela, confiante. — Quem estiver em melhores condições, deve ajudar os mais fracos.

— Quem puder, pegue as crianças no colo e ajude os idosos a se afastarem do fogo — respondi e, para dar o exemplo, pedi licença a uma mãe e peguei o filho dela no colo, uma criança de mais ou menos seis anos. — Batam nas portas das casas enquanto saímos, assim vamos ter certeza de que ninguém ficou para trás.

Sem dizer mais nada, virei-me e comecei a traçar a rota para sair da Vila da Madeira, certificando-me de bater no máximo de casas possível. Meu coração estava disparado, eu estava morrendo de medo de falhar. Ao mesmo tempo, senti aquela criança em meus braços, a quem eu mal conhecia, agarrar-se ao meu peito com muita esperança, e aquilo me fez bem. Lembrou-me que eu não era o único assustado, mas era o único capaz de guiar aquelas pessoas desesperadas. Por isso, procurei tomar cuidado enquanto todos atrás de mim iam seguindo exatamente os meus passos.

Andamos o mais rápido que conseguimos, mas, quando estávamos prestes a sair do bairro, atingimos uma espécie de muro de chamas. Não sei se era algo proposital, mas o fogo próximo à fronteira estava mais alto. Olhei ao redor, procurando uma saída para contornar as chamas, mas não havia para onde ir. Aoi estava ao meu lado e, tal como em outras situações complicadas, virei-me para ela esperando alguma sugestão, mas, antes que ela pudesse me dizer qualquer coisa, recebi a melhor sugestão da pessoa mais improvável.

Por sorte, o garoto em meus braços aparentemente tinha me observado muito bem na semifinal do Torneio de Classes e me deu uma ideia.

— Senhor Kay... — chamou ele, tímido e corado, como se falasse com um ídolo. — Você não pode usar os seus poderes para abrir a passagem para nós?

— Fico indignada em como uma criança consegue ser mais inteligente do que você... — comentou Aoi, metendo-se na conversa e, como sempre, zombando de mim. — Eu deveria ter dado a sua lâmina ancestral para o garotinho.

Numa ocasião menos perigosa, eu teria mandado Aoi calar a boca, mas não diante daquelas chamas.

— Certo. Vamos tentar. — E coloquei a criança no chão.

Virei-me novamente para as chamas, respirei fundo e ergui os braços na direção do fogo. Como na batalha contra Huriama, comecei a mexer as mãos até sentir o ar de forma sólida, então comecei a dobrá-lo. Mesmo bastante concentrado, tive muitas dificuldades e só consegui abrir uma brecha entre as chamas na minha terceira tentativa, quando o fogo já quase nos espremia uns contra os outros.

— CORRAM! — gritei, mantendo as mãos imóveis em uma batalha para preservar a brecha entre as chamas aberta. — VÃO LOGO!

O espaço era estreito, então apenas uma pessoa de cada vez conseguia atravessar. Um a um, todos foram passando, mas o garoto que antes estava no meu colo resolveu me esperar.

— Vamos! — chamou ele, estendendo-me a mãozinha. — Não posso deixar você aqui!

— Não se preocupe comigo — falei, forçando um sorriso. — Te encontro do outro lado logo, logo.

Contra sua vontade, o garoto assentiu e virou-se para ir encontrar a mãe. Quando vi que ele já estava suficientemente afastado, relaxei os braços e deixei as chamas se espalharem novamente. Então, suspirei, ofegante pelo esforço. Eu tinha abusado muito das dobras de ar na minha batalha contra Huriama, por isso tive um pouco de dificuldade em realizar movimentos que deveriam ser simples. Mas segui em frente. Eu não descansaria até salvar a todos.

— Vamos, Aoi — falei, decidido. — Não temos tempo a perder.

Então, Aoi e eu nos afastamos do local mais seguro e voltamos para perto da minha casa, onde aparentemente o fogo havia começado. Enquanto os moradores resgatados faziam o possível para livrar as fronteiras da Vila da Madeira do fogo, fiz quase dez viagens e consegui salvar muitas famílias. Felizmente, os servos eram acostumados a sempre dar um jeito em tudo e muitos conseguiram escapar por conta própria.

Em menos de uma hora, o fogo havia sido contido. Para mim, o resgate tinha sido um sucesso, mas logo que encontrei Satiko, entendi que eu tinha falhado com quem eu menos poderia falhar.

Na última ronda em busca de feridos, encontrei Satiko cercada por fumaça, ajoelhada no meio da rua. Havia alguém aparentemente desacordado em seus braços e ela estava completamente imóvel, como se estivesse em estado de choque. Ao vê-la daquele jeito, minhas pernas simplesmente começaram a se mexer e fui correndo até ela.

— Satiko! — Não entendia como ela poderia estar parada quando tinha alguém em seu colo precisando de socorro. — Levanta e vamos logo sair daqui!

Quando cheguei mais perto, travei. O fogo tinha destruído quase tudo ao redor, mas eu ainda reconhecia aquela rua. Era para lá que eu sempre ia quando me machucava ou precisava de qualquer cuidado. Meu coração compreendeu toda a situação antes do meu cérebro e disparou. Inconscientemente, eu já sabia que tinha acontecido o pior.

Caminhei até Satiko, que não se deu conta da minha aproximação. Agachei ao seu lado e percebi que ela estava chorando, soluçando muito. Ao olhar o corpo que estava em seus braços, entendi o motivo de tanta dor.

Ela estava segurando o cadáver do próprio avô.

Sem dizer nada, coloquei minha mão sobre o seu ombro e delicadamente a puxei contra mim, até recostar sua cabeça em meu peito. Em meio às lágrimas, ela segurou a minha mão com força e então compartilhamos aquele sofrimento. O Velho Izuno cuidou da minha mãe, de mim e também de todos os outros servos. Era uma pessoa incrível. Sempre disposto a ajudar, foi o mais próximo que eu tive de um pai e acabei perdendo-o também.

Minha vontade era ficar ali junto ao velho e a Satiko por horas, mas era questão de tempo até que morrêssemos sufocados no meio de tanta fumaça. Felizmente, daquela vez, Aoi estava ali para nos trazer de volta à realidade.

— Lamento pela perda, mas vocês precisam sair daqui agora!

Nenhum dos dois se mexeu, então Aoi veio até mim.

— Kay, vocês precisam sair daqui agora!

Contrariado, levantei e estendi a mão para Satiko, mas ela se negou a sair dali.

— Não vou deixá-lo aqui! — disse ela, entre soluços. — Não posso deixá-lo!

— Claro que não vamos deixá-lo. — Forcei um sorriso. — Vamos levá-lo, mas temos que ir agora.

Agachei novamente e peguei o Velho Izuno em meus braços. Ele era quase tão leve quanto uma criança. Satiko ficou paralisada, me analisando, até que finalmente deixou um sorriso transparecer em meio às lágrimas.

— Obrigada — disse ela, emocionada. — Obrigada por estar comigo.

Meu coração bateu forte e mais rápido.

— Vamos indo — respondi, encabulado.

Sair dali com Satiko foi muito mais fácil do que quando eu estava com o grupo. Ela era muito habilidosa e não precisei guiá-la em momento algum. A única coisa complicada era o Velho Izuno, mas consegui dar conta de carregá-lo.

Todos comemoraram ao me verem voltando das chamas ao lado de Satiko, mas, ao verem o corpo de Izuno, o entusiasmo foi substituído pela dor. O velho era muito querido e sua morte foi um grande choque. As pessoas foram prestar suas condolências à Satiko, mas ela preferiu se afastar um pouco do grupo para ter privacidade em seu luto. Aoi e eu a acompanhamos em uma caminhada.

— Eu só queria entender o que aconteceu.... — comentei, inconformado. — Como Kyron é o guardião do Deus Fogo, será que não foi ele que incendiou tudo para se vingar? — Eu estava assustado com a possibilidade de Kyron ainda estar vivo mesmo depois de eu quebrar a sua lâmina.

Aoi balançou a cabeça.

— Não sinto mais a presença de Kyron nesse mundo — disse ela. — Mas você está certo em dizer que foi uma vingança, Kay.

— Pensei a mesma coisa, Aoi... — concordou Satiko. — Tenho certeza de que não foi coincidência.

— Do que vocês estão falando? — Mais uma vez, eu estava sem entender nada. — O que não foi coincidência?

— Não foi coincidência o incêndio acontecer bem na região onde você mora, Kay — afirmou Aoi.

— Mesmo sem intenção, você desafiou o príncipe na arena ao mostrar a força de um servo e se tornou um símbolo. Ele provavelmente ficou irritado com isso e tentou te matar imaginando que você não conseguiria fugir por causa dos ferimentos no duelo com Huriama.

— Mas por que ele machucaria outras pessoas se queria me ferir?

— Para colocar todos os servos em seus devidos lugares — disse Satiko, finalmente parando de chorar. — Ele quis te matar para voltar a manipular todos pelo medo.

Fiquei refletindo em silêncio. Tudo aquilo fazia sentido, mas era difícil digerir que eu era o responsável por tanta desgraça. Meus olhos já estavam se enchendo de lágrimas quando Satiko colocou a mão no meu ombro e mostrou mais uma vez ser a mulher mais incrível do mundo.

— Não se preocupe, Kay. Amanhã vamos contra-atacar com muito mais força.

Naquela noite, Satiko provou que, apesar de tímida, era uma líder incrível. Ela aproveitou que todos os servos estavam reunidos, em luto por seu avô, e contou sobre a conspiração do príncipe para me matar. Em um discurso impecável, ela trouxe todos para o seu lado e traçou um plano que mudaria para sempre a história de uma nação.

Logo que o sol raiou, milhares de servos marcharam juntos em silêncio até o Coliseu.

Satiko e eu lutaríamos na grande final do evento.

E começaríamos uma verdadeira revolução.

CAPÍTULO 21

O fim

Aquela poderia ter sido uma manhã como todas as outras.

Quando os portões de Tormenta foram abertos, os servos seguiram para o Torneio de Classes como se nada tivesse acontecido durante a madrugada, frustrando qualquer expectativa de combate dos guardas reais que escoltavam a entrada da cidade. Já os justiceiros da família real, usando armaduras e espadas do melhor aço, pareciam ansiosos para a guerra.

Nunca consegui entender o prazer que os mais fortes têm em esmagar aqueles que deveriam ser protegidos. Cansado de ver meu povo sofrer, eu também não via a hora de lutar e me vingar de todo o mal que Tormenta tinha feito aos servos. Só que havia um plano por trás do nosso bom comportamento e eu resolvi segui-lo.

Conforme as orientações de Satiko, as ações foram muito organizadas. Os servos percorreram todas as ruas em silêncio até chegarem ao Coliseu e lá, em fila, foram entrando no monumento. Enquanto nossos aliados iam se acomodando nas arquibancadas e se misturando aos nobres, Satiko e eu éramos esperados no centro da arena para cumprimentarmos a família real antes do nosso duelo.

Sem sequer uma palavra, a maior rebelião da história de Tormenta estava tomando forma. Ao lado de Satiko e Aoi, entrei na arena e fui caminhando até a tenda real — que obviamente estava cercada por quase uma dúzia de guardas mal-encarados. Eles me olhavam fixamente com o típico desprezo dos nobres mais arrogantes.

Aquele maldito olhar de superioridade.

Como eu odiava aquilo.

Sem perceber, cerrei os punhos e devolvi o olhar expondo todo o meu ódio. Se Aoi não estivesse ali para me orientar, eu provavelmente teria dado uma surra em todos aqueles guardas.

— Fica calmo! — exclamou ela, imperativa como sempre. — Não seja afobadinho ou vai estragar todo o plano. Faça como a Satiko!

Aquelas palavras foram como levar um tapa na minha cara. Olhei para o lado e Satiko permanecia fria e implacável. Ela, que sempre ficava vermelha ao falar comigo, agora assumia o papel de liderar toda uma classe rumo à liberdade. Inspirado nela, ignorei os guardas e seus olhares maldosos e retomei a postura para aguardar o anúncio que daria abertura à final.

Cerca de uma hora se passou e, quando as arquibancadas estavam tão lotadas quanto no dia anterior, o príncipe finalmente saiu da tenda real para se apresentar. Como era típico, ele trajava as mesmas roupas de seda azul que havia usado no dia anterior e não parecia se importar nem um pouco em ser o centro das atenções.

— Povo de Tormenta — começou o príncipe, empostando a voz para que pudesse ser ouvido por todos que estavam na arena —, hoje encerraremos mais uma edição do Torneio de Classes, o maior evento da nossa nação!

Em resposta ao tom alegre do príncipe, uma multidão de nobres rugiu empolgada. No entanto, diferentemente do dia anterior, nenhum servo comemorou o anúncio.

Como eram a maioria no evento, foi fácil notar a ausência do apoio deles ao discurso do príncipe. Pela expressão do herdeiro real, ele mesmo estranhou as poucas saudações, mas fingiu não perceber e deu sequência ao espetáculo.

— Hoje, pela primeira vez, teremos um servo e uma mulher disputando o título que proporcionará ao vencedor a glória eterna, além, é claro, da fortuna que será entregue em dinheiro ao campeão! — O entusiasmo que o príncipe colocava em cada palavra era realmente contagiante. Fez-me lembrar de quando tudo o que eu queria era ganhar aquele maldito torneio para salvar a minha mãe. Naquela época, eu não entendia nada. Não fazia ideia de que o maior evento de Tormenta servia apenas para fingir que todos tinham as mesmas oportunidades, que era tudo uma grande mentira. Uma mentira apresentada como entretenimento por um príncipe que tinha o ego maior que suas posses. — E aqui estão os nossos finalistas! — anunciou, enquanto vinha ao nosso encontro.

Como antes, apenas os nobres corresponderam à empolgação do príncipe. Os servos permaneceram como estavam, com os braços cruzados em um silencioso protesto. No dia anterior, o Coliseu parecia um verdadeiro caldeirão, mas ali, na grande final, a atmosfera era tensa. O típico alerta de que algo grande estava para acontecer.

Apesar de barulhenta e irritante na maior parte do tempo, Aoi sabia manter a calma diante dos momentos mais tensos, mas até mesmo ela estava ansiosa pelo que viria.

— Não vejo a hora de chutarmos a bunda desse príncipe — disse ela, com um estranho prazer na voz. — Falta tão pouco...

Realmente, faltava pouco.

Muito pouco.

Meu coração já estava a mil quando o herdeiro de Tormenta se colocou entre Satiko e eu e nos convidou para um diálogo.

— Campeões — começou o príncipe, substituindo o tom de voz que parecia o de um apresentador por outro mais sério —, gostariam de dar as suas últimas palavras?

Brevemente, Satiko e eu nos entreolhamos. Havia muita maldade por trás daquele discurso. Hesitei por um momento, mas Satiko raciocinou mais rápido e agiu, tomando à frente da situação.

— Fechem os portões agora! — gritou ela, desesperada enquanto buscava por rostos conhecidos nas arquibancadas. — Fechem os portões, agora! Chegou a hora!

Era verdade, tinha chegado a hora.

A revolução que mudaria Tormenta estava começando.

Em resposta ao comando de Satiko, tudo aconteceu ao mesmo tempo. As ordens de Satiko ressoaram por todo o Coliseu e logo começou uma gritaria geral. Os nobres se entreolhavam, confusos, enquanto os servos repassavam a informação de que os portões deveriam ser fechados no boca a boca. Com isso, o plano finalmente foi posto em ação. Tínhamos posicionado servos ao redor da parte externa do Coliseu e o trabalho deles era fechar todos os portões quando chegasse a ordem, assim ficaríamos trancados, mas em maioria contra o príncipe e os seus guardas. Aquela parte do plano correu perfeitamente como o planejado.

Infelizmente, toda ação requer uma reação e o preço pode acabar sendo bem alto.

Em seguida ao grito de Satiko, o príncipe ergueu os braços como se estivesse se rendendo, mas o que aconteceu foi mais um gesto de declaração de guerra.

Sinceramente, se não fosse por Aoi, mais uma vez, eu teria morrido.

— Kay! — chamou, saltando sobre mim como ela nunca havia feito. — É uma armadilha!

Os espectadores me viram ser empurrado pelo nada e cair de bunda no chão. O mais assustador nem foi a minha queda. O mais assustador foi, sem dúvida, a flecha que passou a um milímetro de me atingir bem no meio do peito. Aquela flecha deu início à batalha.

Imediatamente, olhei para as arquibancadas na direção da flechada em busca de quem teria tentado me matar. Bem ao topo, no último degrau disponível para os espectadores, enxerguei dois homens que se vestiam como pessoas comuns, mas empunhavam arcos. Ambos já se preparavam para atirar novas flechas quando foram surpreendidos por meia dúzia de servos que lhes tomaram as armas e os presentearam com uma boa surra. Não entendi por que os homens estavam batendo nos guardas com tanto ódio. O plano era render o príncipe em uma emboscada, derramando o mínimo de sangue possível.

O que deveria ter sido pacífico acabou se transformando em uma grande baderna. A arena foi invadida por centenas de servos enfurecidos e eu continuava sem entender nada do que estava acontecendo. Quando me levantei, três guardas já estavam prontos para partir para cima de mim e, alguns metros à minha frente, avistei o corpo de Satiko jogado ao chão, atravessado por uma flecha.

Da maneira como estava sangrando, ela não conseguiria resistir por muito tempo.

— Satiko! — Meu coração quase saía pela boca. — Satiko!

Ameacei correr na direção dela, mas os três guardas se colocaram no caminho. Olhei para aqueles sujeitos com tanto ódio que, mesmo protegidos por armaduras e empunhando espadas do melhor aço, eles chegaram a tremer diante de mim, um mero adolescente. E tinham razão em ter medo. Não hesitei e não me preocupei em não derramar sangue, com as duas mãos simulei um empurrão na direção dos homens, criando assim uma rajada de vento que fez os três voarem para longe de mim.

Enquanto ao meu redor acontecia uma verdadeira guerra entre servos e guardas, eu só me preocupei em chegar até Satiko. Quando eu estava bem perto, outro maldito guarda chegou, com muito mais esperteza que os demais. Com as minhas dobras de ar, nem mesmo Huriama conseguiu me vencer, então o guarda sabia muito bem que acabaria derrotado se me enfrentasse. Por isso, ele decidiu apelar para o jogo emocional. Ele pegou Satiko do chão, prendeu-a nos braços e encostou o fio de sua espada no seu pescoço.

— Ela ainda está viva! — rugiu ele, claramente tão assustado quanto eu. — Mas, se você der mais um passo, corto o pescoço dela.

— Tudo bem — respondi, engolindo seco e erguendo as minhas mãos para o alto a fim de deixar clara a minha rendição. — Está tudo bem, não vou fazer nada.

— Controle os seus rebeldes — pediu, enquanto suas pernas tremiam de medo ao me encarar. — Entregue-se e acabe logo com isso, assim ela vive.

Facilmente, aquele seria o maior dilema da minha vida. Eu teria que escolher entre o meu povo e a garota que tinha feito tudo por mim. Seria muito egoísmo escolher Satiko, mas o laço que eu tinha com ela era o único laço afetivo que me restava.

Era assim que eu pensava.

— Kay! — Um grito veio do meio da baderna. — Aguente firme!

Não importava a confusão, eu sempre reconheceria aquela voz.

O guarda, que já estava desesperado, ficou sem entender nada. Foi só ele olhar para o lado para identificar de onde vinha a voz que ele foi surpreendido por uma faca-voadora-giratória que lhe acertou bem no meio da testa. Naturalmente, o guerreiro caiu desfalecido após o golpe. Satiko também teria ido ao chão se eu não estivesse pronto para me jogar e agarrá-la, amortecendo sua queda com o meu próprio corpo. Ela já estava encharcada e não parava de sangrar. Estava pálida. Naquelas condições, ela não iria aguentar muito tempo.

— Deixe que eu cuido dela — disse Huriama, enquanto se agachava ao meu lado e retirava a sua faca do crânio do guarda falecido. — Você precisa ir lutar.

— Não posso deixá-la — respondi, quase chorando. — Ela não pode morrer...

— Confie em mim, Kay — pediu ele, com o seu tom doce e amigável de quando éramos mais jovens. — *Somos amigos e precisamos proteger um ao outro.*

Mesmo em meio ao tumulto, confesso que travei ao ouvir aquilo. Era o meu melhor amigo que estava ali. Estava todo queimado e com uma péssima aparência, só que ainda era o meu melhor amigo. Falhei em quase tudo na vida, mas consegui salvá-lo. De certa maneira, fiquei aliviado e ganhei novas forças para lutar. Se eu tinha salvado Huriama de um espírito lendário malvado, com certeza eu salvaria Satiko da morte.

— Cuide dela então, Huriama. — E deitei Satiko cuidadosamente no chão. —Vou terminar o que ela começou.

Decidido, levantei e parti novamente para a batalha.

Felizmente, a situação na arena estava menos caótica do que parecia. Muitos nobres ali eram guerreiros, mas, como armas eram proibidas no Coliseu, eles estavam sem condições de combate. Satiko tinha pensado minuciosamente em tudo. Os servos eram a maioria ali e, proporcionalmente falando, havia aproximadamente seis servos desarmados para cada guarda do príncipe — que sumiu após autorizar o golpe que quase matou Satiko.

Sozinho, usando as dobras de ar, derrotei quase vinte guardas. Não matei ninguém, mas deixei todos fora de combate. Depois de algum tempo, comecei a notar que estava cada vez mais difícil dominar o ar. Era como se o meu poder estivesse acabando. Certo de que aquilo era só impressão, comecei a usar a espada para combater os guardas. Só que eles não pareciam muito confortáveis em lutar contra mim e sempre me evitavam na arena.

Pouco mais de duas horas depois de ter deixado Satiko com Huriama, os servos já tinham rendido e desarmado todos os guardas. O príncipe foi encontrado chorando feito um bebê em sua tenda e, tanto ele como toda a família real, foram intimados a assinar dois documentos que Satiko havia redigido no dia anterior. O primeiro deles dava fim ao sistema de classes em Tormenta, enquanto o segundo destituía a família do trono e de suas posses. É claro que a realeza não gostou nada daquilo, mas acabaram não tendo escolha. E, para a surpresa de todos, alguns nobres apoiaram o que foi feito.

Bem, como Aoi sempre me dizia, eu não era lá muito inteligente, então deixei a burocracia com os outros, agora ex-servos, e fui ver como estava Satiko. Como sempre acontece na minha vida, não tive tempo de comemorar a vitória, pois, quando me aproximei de Satiko, a única coisa que senti foi meu coração apertar.

— Kay, me desculpe... — disse Huriama, envergonhado. — Fiz o que pude.

Era claro que Huriama tinha feito o possível para ajudá-la, tinha usado as próprias roupas para enfaixar a ferida e tentar estancar o sangramento. Infelizmente, Satiko parecia não estar resistindo e estava ainda mais pálida do que antes. Eu não queria acreditar, mas, no estado em que estava, era apenas uma questão de tempo até ela sucumbir.

E o pior é que Satiko não era a única a correr riscos ali.

— Kay... — Ouvi uma voz fraca chamar. — Venha aqui...

Reconheci imediatamente aquela voz, o que estranhei foi o tom naquele chamado. Era Aoi. Eu estava acostumado a ouvi-la gritar, resmungar e, às vezes, até ser carinhosa, mas nunca notei nada semelhante à fraqueza. Ela era um espírito e não podia sentir dor ou qualquer coisa do gênero. Era o que eu achava até me virar em sua direção e vê-la começar a sumir bem diante dos meus olhos.

A imagem de Aoi estava praticamente se esfarelando pelo ar. Era como se ela fosse feita de areia e aos poucos o soprar do vento fosse lhe apagando a existência. Quando a encontrei, ela já não tinha pernas e estava flutuando diante de mim como um verdadeiro fantasma.

Aos meus olhos, aquela situação era desesperadora, mas o mais estranho é que, apesar da sua voz frágil, ela estava sorrindo. Um sorriso tão lindo como ela nunca tinha exibido antes.

— Aoi! — chamei, assustado em vê-la daquela forma. — O que tá acontecendo com você?

— Quebrei uma das regras, Kay — disse ela, ainda sorrindo. — Mas estou feliz por isso.

— Do que você tá falando?! — Eu estava prestes a cair no choro. — O que você fez?!

— Não posso interferir diretamente em confrontos humanos, mas te salvei da flecha, Kay.

Imediatamente congelei. Eu lembrava muito bem do momento em que Aoi tinha pulado sobre mim e me afastado do perigo. Foi muito diferente de quando ela me entregou a espada na floresta para eu me defender da quimera. Eu estava vivo graças a ela. E agora entendia porque Aoi não tinha me acompanhado durante a batalha como sempre fazia e também compreendi porque tive tantas dificuldades em dobrar o ar nas últimas tentativas.

A existência dela estava sendo apagada e a culpa era minha.

— Me desculpe, Aoi! — implorei, chorando tanto quanto na noite em que encontrei minha mãe morta no chão. — Eu sempre estrago tudo! Por favor, me desculpe.

Ela seguia sorrindo com carinho, como nunca tinha feito.

— Com você, senti inveja da relação dos humanos — explicou ela, com uma ternura inédita. — Você perdeu a sua mãe, lutou contra o seu melhor amigo, mas sempre seguiu em frente.

— Mas é porque você estava comigo...

— Não — respondeu, decidida. — É porque os deuses lhes concederam o direito de amar e o amor dá uma força aos humanos que vai além da minha compreensão.

Fiquei sem palavras, só conseguia chorar enquanto a assistia desaparecer aos poucos.

— Eu queria ter sido humana para poder viver com você, Kay... — confessou, com um pouco de timidez. — Antes que minha existência se apague por completo, vou quebrar mais uma regra e salvar Satiko também.

Enquanto uma única lágrima escorria por um dos olhos de Aoi, um sentimento de gratidão mútua nos tomou.

— Obrigado por tudo — dissemos juntos.

E assim se encerrou um ciclo em Tormenta.

Minha espada, a última lâmina ancestral, se desfez sozinha.

Aoi foi embora para sempre, levando com ela o sistema de classes e a monarquia que oprimiu os mais humildes por tanto tempo. Diferente de mim, Aoi não estaria nas histórias que criariam sobre nossa vitória, mas, em meu coração, ela sempre seria a grande protagonista.

EPÍLOGO

A esperança

Como Aoi havia me prometido, alguns dias depois de perder tanto sangue, Satiko acordou milagrosamente. Ela chorou muito quando soube do sacrífico de Aoi, mas decidiu honrá-la e ajudou a moldar um sistema que garantiria a prosperidade de Tormenta pelas próximas décadas.

A família real, conforme dizia o documento assinado por eles, perdeu as posses. Todo o dinheiro arrecadado com os bens reais foi distribuído entre os servos e serviram também para reconstruir a Vila da Madeira após o incêndio. Os nobres, que eram os mais receosos quanto ao novo sistema, não perderam nenhum de seus bens, apenas ficou acordado que não teriam mais servos, pois agora todo o serviço seria remunerado. Também não haveria mais um muro separando os pobres do resto do mundo.

Aliás, não haveria mais muros.

Todos estavam livres para crescer e prosperar.

Primeira edição (julho/2019)
Papel de capa Cartão Triplex 250g
Papel de miolo Offwhite RB 70g
Tipografias Garamond 3 LT Std e Berry Rotunda
Gráfica GRAFILAR